새로운 도전과 향기

새로운 도전과 향기

발행일	2020년 9월 4일

지은이	이경훈		
펴낸이	손형국		
펴낸곳	(주)북랩		
편집인	선일영	편집	정두철, 윤성아, 최승헌, 최예은, 이예지, 최예원
디자인	이현수, 한수희, 김민하, 김윤주, 허지혜	제작	박기성, 황동현, 구성우, 권태련
마케팅	김회란, 박진관, 장은별		
출판등록	2004. 12. 1(제2012-000051호)		
주소	서울특별시 금천구 가산디지털 1로 168, 우림라이온스밸리 B동 B113~114호, C동 B101호		
홈페이지	www.book.co.kr		
전화번호	(02)2026-5777	팩스	(02)2026-5747

ISBN	979-11-6539-384-7 03810 (종이책)	979-11-6539-385-4 05810 (전자책)

이 도서의 국립중앙도서관 출판예정도서목록(CIP)은 서지정보유통지원시스템 홈페이지(http://seoji.nl.go.kr)와
국가자료공동목록시스템(http://www.nl.go.kr/kolisnet)에서 이용하실 수 있습니다.
(CIP제어번호: CIP2020036746)

(주)북랩 성공출판의 파트너

북랩 홈페이지와 패밀리 사이트에서 다양한 출판 솔루션을 만나 보세요!

홈페이지 book.co.kr   •   **블로그** blog.naver.com/essaybook   •   **출판문의** book@book.co.kr

새로운 도전과 향기

이경훈 시집

북랩 book Lab

어릴 때부터 활발한 성격의 장난꾸러기로 살아왔기에 항상 웃음과 긍정적인 사고를 견지하며 성장하여 왔다.

유교문화의 도시 경북 안동에서 태어나서인지 예의범절에 대한 가르침 속에 인성에 대한 중요성을 잘 알고 있었지만 세상을 살아가다 보니 윤리도덕성이 조금은 결여된 삶 속에 많은 시행착오를 겪으며 살아온 세월이 반백 년이 되었다.

하지만 돌이켜보는 삶의 발자취에는 아무것도 없는 공허함뿐이었다.

누구보다도 도전과 열정을 바탕으로 살아 왔기에 조금의 아쉬움이 추억으로 자리 잡아 삼 년 전부터 글쓰기에 관심을 가지게 되었다. '누구나 시인이 될 수 있다'라는 문장은 예전에 접해 보았지만 막상 도전하고 실천하기는 쉽지 않은 일이었다. 특히 글쓰기에는 문외한이었던 중년의 한 사람으로서 글을 쓴다는 것 자체가 새로운 도전이었다. 시인도 수필가도 소설가도 아니기에 더욱 그러했다.

우연히 시작된 글쓰기는 생활 속 세상 살아가는 이야기에 약간의 운율을 가미하여 함축적으로 느낌 가는 대로 일기 형태로 작성을 하였는데 주위에서 시집 출판이라는 엄청난 권유를 해 주었다. 그 권유 속에 이렇게 기록문학에 도전하게 되었다.

　많이 부족한 내용이지만 솔직한 생활 속 이야기와 느낌이기에 여러 사람들에게 작은 공감과 글쓰기에 대한 동기 부여를 할 수 있다면 그 자체로 큰 행복을 느낄 것 같다.

　특히 "정직(正直)"이라는 삶의 철학을 가르쳐 주신 ㈜태광뉴택 타조표비닐 신진문 회장님께 진심으로 감사를 드리며, 이번 출판을 계기로 향후 삶을 살아가는 이야기를 기록문학으로 남기는 아름다운 습관을 더욱 발전시켜 나아가고 문학을 사랑하는 향기롭고 정직한 사람이 되고 싶다.

　감사하다.

2020년 9월
이경훈

차례

Part 3

2020년, 시집 출판 도전

Part 1

2018년,
글쓰기와의 만남

눈물 여행

새색시 해님
오늘은 구름 밖으로

어제 대지의 눈물
다시금 불러들인다

눈물은 살아 있는 생명체 갈증 해소
탐욕스러운 열정 잠시 쉬어 가라는
또 다른 의미의 선물

항상 고개 숙이며
자아성찰이라는 우산을 통해
자신을 되돌아보는 시간을
가져보라는 뜻은 아닐는지

하늘의 눈물은 어디로 흘러가나?

산과 들 강 바다 자연을 지나
내면 깊은 세상에까지 머나먼
여행을 통해 삶의 이정표가 된다

2018.5.13.(일) PM 1시

빛과 그림자

찬란한 태양의 빛
분주한 일상을 마무리

달님과 교대근무
어두운 적막이 고개 내밀 무렵
새로운 빛의 얼굴이 찾아든다

무지개 빛깔도 아닌 것이 무엇일까?

삶에 지치고 일상에 쫓기는 하루
밤의 어둠이 계속된다면
생각만 해도 우울해진다

밤바다 등대지기 희망의 불빛처럼
도심의 새로운 길을 밝히는 길잡이
마냥 정겹지만 않은 빛줄기

화려한 네온사인 불빛 이면에
숨바꼭질하는 애달픈 사연들
세상살이 희노애락 연속

반딧불 추억이 그리워진다

2018.5.15.(화) PM 8시

소리 없는 경쟁

저녁이 오면
분주해지는 발길

달콤한 돼지갈비
카악 소리 나는 소주 한잔

왠지 긴장감이 흐른다

대구 경북 지역이라는
삶의 전쟁터를 놓고
각 업체 지역 대표들의 모임

오고가는 웃음
진정한 웃음이 아닌 듯

새로운 영업 전략 시장 정보
한잔 술에도 토끼 귀를 쫑긋

회사의 꽃 영업
스무 해를 지나면서 아직까지
영업 현장에 종사함에 감사하다

선의의 경쟁
절대 지지 않고 이기리라

2018.5.17.(목) PM 9시

백년의 사랑

가정의 달 오월
둘이 하나 된다는 오늘
부부의 날이다

서로 다른 삶의 방식
하나가 되어야 하는 열쇠

검은 머리 파뿌리 의미는?

오래오래 사랑하며
백년해로의 아름다운 인연

세상살이 희노애락을 함께
알콩달콩 아옹다옹 토닥토닥

사랑의 열매 행복 가득
사랑의 가족 울타리 미소

누군가와 언제나 함께할 수 있음이
진정한 백년의 사랑이 아닐는지요

2018.5.21.(월) PM 1시

지혜와 자비

새로운 아침햇살
싱그러운 꽃향기 가득

어디선가 청아한 소리
마음이 청정해지는 소리
머리가 시원해지는 소리

탁 탁 탁 목탁 소리
화려하거나 아름답지도 않은
묘한 소리에 느껴지는 전율

어떠한 이해관계를 떠나서
모든 사람들을 깊이 사랑하고
행복을 베푸는 삶의 자세
참으로 아름답고 아름답다

희망이라는 지혜의 빛이
깨달음의 노래를 한다

2018.5.22.(화) PM 3시

저녁 만찬

따사로운 햇살
시원한 바람의 물결

연휴의 뒷날이라 그런지
점심 메뉴는 시원한 복어국
콩나물 양념에 비빔밥

푸른 바다 복어 왕자의 향기에
주어진 시간 최선의 책임
시간은 잘도 간다

해님이 아직 방긋 미소 짓고
바람은 스산한 가을바람처럼
마음의 깃털을 스치운다

갑자기 생각나는 추억의 맛

복어 왕자 대신 멸치 장군 육수
노란 계란 지단 김 가루 듬뿍
따뜻한 국수 향기 취해본다

2018.5.23.(수) PM 2시

금요일 행복

여유로운 하루
금요일의 설렘

기분 좋은 마음
얼굴마저 꽃이 핀다

좋은 기운 덕일까?

사무실 문이 활짝
연세 많으신 거래처 사장님
반갑게 악수를 청하신다

지난번 어려운 업무 처리 감사
점심식사 사주시겠다고
먼 걸음 달려오심에 가슴 뭉클

고추장불고기 소주 한잔
된장찌개 구수한 마무리

불타는 금요일
사랑과 정성 가득한 식사
알딸딸 헤롱헤롱 기분 좋아진다
세상살이 이 맛에 살아가는갑다

2018.5.25.(금) PM 1시

고속도로 인생

푸른 하늘 하얀 솜사탕
기분 좋아지는 청명함

새로운 한 달의 첫날
업무 회의 출장길

시원했던 아침햇살
돌아오는 길은 따스한 햇살
마음마저 포근해진다

문득 고속도로에서의 전율?

거칠 것 없는 고속주행길 같지만
일정한 거리 유지 안전 운행
안전한 속도 점검 단속 카메라

피곤함 쉬어 가라는 휴게소
목적지 잘 찾아가라는 안내 표지판

거침없이 달리는 고속도로
이면에 잠재되어 있는 규칙과 질서

고속도로에서 삶의 속도를 보았다

2018.6.1.(금) PM 7시

볶음밥 사랑

어느덧 하루가 지나가고
어슬렁 다가오는 저녁식사

휴일 멋진 외식 꿈꾸다가
가벼운 주머니에 웃음으로 대체하고

무엇으로 먹을까나?

무쇠 프라이팬 뜨겁게 달구니
식용유 살짝 미끄러지고

냉장고 속 김치 어묵 콩나물
먹다 남은 오리고기에
환상의 조합이 어우러진다

고소한 참기름과 계란 프라이가
화룡점정의 빛을 자아내니

가족들의 행복한 미소
감사한 마음이 가득해진다

2018.6.9.(토) PM 7시

후다닥

따르릉 따르릉
빵빵 빠빠빠

평소 새벽 6시 기상
세면과 식사 양치
이어지는 힘찬 출근길

오늘은 오호 통재라?

시곗바늘이 6시 30분
깜짝 놀란 동공을 진정시키고

후다닥 용모 단정
헐레벌떡 아침 식사

심호흡 가다듬고 잡은 운전대
평소 막히던 도로 시원한 질주
녹색 신호도 덩달아 장단 맞춘다

급할수록 필요한 마음의 여유는
자연의 싱그러운 기운 덕이 아닐는지요

2018.6.12.(화) AM 9시

아침 풍경 1

뜨거운 태양의 방긋 웃음
푸르른 들녘에 기지개를 선물하고
저마다 하루 일과를 시작한다

이름 모를 새들의 합창
산들산들 불어오는 바람결에
콧노래가 저절로 난다

새벽공기의 여운이 남은 탓일까?

따뜻함 속의 시원한 아침은
육체의 고단함 마음의 상처를
치유하면서 새로운 희망을 안겨준다

2018.6.20.(수) AM 8시

새로운 마음가짐

구름 속 해님의 늦잠
시원한 바람이 분다

변함없는 아침 출근길
검은색 리무진 차량 뒤로
비상 깜박이 차량 행렬

숙연해지고 엄숙해진다

빈손으로 왔다가 빈손으로 가는 삶
잠시 지난날을 되돌아보는 순간

내외면의 욕심 탐욕 자만의 참회
모든 생명체를 아끼고 사랑해야겠다

때마침 내리는 빗줄기는
새로운 마음가짐의 정화수가 된다

2018.6.26.(화) AM 10시

세월의 속도

여유로운 일요일
고요하고 포근함

우연히 달력을 보고
상념에 잠겨 본다

희망찬 새해 종소리
행복한 새해 설계 목표
어제 같은데

일 년 삼백육십오 일
반환점을 지나고 새로운
하반기의 시작

지난 시간을 잠시 되돌아보고
새해 설계 목표 꿈 재정립의 오늘

현상에 보이는 빠름의 속도보다
보이지 않는 세월과 시간의 흐름에

겸허함 나눔 사랑 배려 속에
가슴 따뜻한 삶을 실천하기를

2018.7.1.(일) AM 9시

설렘 1

비가 내린다
여름철 장마철의 시작
무더위에 지친 모든 생명체에
번뇌와 고통을 씻어 주려는지

비가 내린다
항상 푸르른 자연의 선물
푸른 산들에게도 시원한 빗줄기
새하얀 사우나의 수증기를 선물

비가 내린다
세상살이 희노애락의 삶
희망이라는 빛으로 살아가며
행복이라는 꽃으로 피어나기를

비가 내린다
청포도 알알이 탱글탱글
익어 가듯이 세상 모든 만물이
자연의 이치를 깨달을 수 있기를

2018.7.1.(일) PM 3시

환상 조합의 하루

청포도 알알이 탱글탱글
익어가는 칠월의 첫날
일요일 아침부터 비 소식

우연히 마주한 달력 속에
지난 시간을 되돌아보고
새로운 하반기 계획도 재정립

오후에는 푸르른 자연의 산
비가 온 후 사우나 수증기 하얀 띠

천혜의 경치 속에 자연의 이치
겸허함 배려 사랑을 느꼈다

따뜻한 보금자리에서 문학 밴드의
가슴 따뜻한 나눔의 사연을 만나니

이 어찌 그냥 지나치리오?

고소 바삭 윤기 좔좔 흐르는 감자양파전
시원 털털한 농주로 하루를 마무리

2018.7.1.(일) PM 7시 50분

가슴에 뜨는 태양

그리움에 지치고
외로움에 힘이 들고
사랑에 마음이 아프다

그리움의 눈물
외로움의 눈물
사랑의 눈물은

하늘의 비가 되었다

얼마나 애달프고
그리웠으면 이토록
한없이 흐르고 흐른다

이 시간이 지나고 나면
뜨거운 태양의 열정이 가득할 때
가슴 열고 반갑게 맞이하리라

2018.7.2.(월) AM 11시 50분

여름날의 기도

비님의 빗줄기는 계속되지만
가뭄의 논바닥이 갈라짐을 생각하면
비님의 행차에 감사합니다

무더위 등줄기 땀이 흘러내리지만
온 세상 꽁꽁 얼어붙은 겨울을 생각하면
무더위의 따뜻함에 고맙습니다

바쁜 일상 속에 평범한 하루하루
아무런 탈 없이 생활하고 나아가지만
평범한 일상에 행복합니다

빗줄기에 감사하고
무더위에 고마워하며
평범한 일상에 행복할 때
여름의 향기는 더욱 아름다워진다

2018.7.3.(화) AM 8시 50분

빗물은 흐른다

하늘에서 내리는 빗물은
깊은 산속 골짜기 구석구석
논두렁 둑방 여기저기 흐른다

새하얀 물줄기 맑고 맑았지만
계속되는 국지성 빗줄기는
건강한 황톳빛 물줄기로 흐른다

황톳빛 물줄기 속 물고기들은
갈 곳을 잃어버려 여기저기 방황하다가
세월을 낚는 강태공의 추억으로 흐른다

빗물의 여행 속에 세상 모진 풍파
흘러가는 강물 속에 녹아들고 정화되어
백옥 같은 맑은 물줄기로 흘러가기를

2018.7.3.(화) PM 2시

옥수수 추억

새벽부터 시작된 업무 시작과 마무리
장거리 출장길 날씨는 변덕스럽다

여름철 대표 간식 톡톡 터지는 알갱이
도로가 옥수수 홍보 광고가 눈에 띤다

자연스럽게 옥수수 유혹에 한입
촉촉하면서도 쫄깃하고 씹는 맛이 일품

옛 어린 시절 시골에서 하모니카 불듯이
동네 친구들과 나눠 먹던 구수했던 맛

생산자 판매라 그런지 통닭 한 마리 가격에
옥수수 한 자루를 짊어지니 기분이 좋아진다

콧노래가 나는 것은
옥수수가 많은 것보다 먹을 때마다
추억의 향수를 먹을 수 있기 때문이 아닐까?

2018.7.5.(목) PM 8시

보슬비 꽃

한 점 바람도 없이 새색시처럼
조용하게 내리는 가랑비

많이 내리는 빗줄기는 아니지만
대지를 촉촉이 적셔 버린다

우산을 쓸까나 말까나?

가랑비에 옷 젖는 줄 모르고
잠시 잠깐 걸었더니
비에 젖은 새앙쥐가 되었다

아무리 사소한 것이라도 그것이
거듭되면 무시하지 못할 정도로
크게 된다는 가르침을 주는 월요일 아침

소리없이 가늘게 내리는 가랑비는
녹색 생명체 잎사귀에 꽃이 되었다

2018.7.9.(월) AM 9시

기다림 1

누군가를 보고파서 목이 메고
간절함이 가슴에서 눈물 짓는다

어두운 밤거리 네온사인 불빛 아래
허전함이 파도처럼 물결치면
마음에서 애달픈 메아리가 칠 때

혹시나 님에게 부담감이 되지 않을까?

기다리는 시간은 밤낮이 없기에
하루해가 짧으니 한 주일이 짧고
한 달의 시간 속에 벌써 칠월의 중순

새로움을 추구하는 콘크리트 공사장 건물도
새로운 공간 속에 새로운 님을 갈망하고
맞이하려 기다림의 시간을 갖는다

인연이 되고 간절함이 하나 될 때
어둠속에 밝은 불빛이 빛나는 아름답고
행복한 만남이 이루어지기를

2018.7.9.(월) PM 11시

여름의 외출

청포도가 탱글탱글 영그는
무덥고 따사로운 여름철인데
오늘 아침은 신선한 바람이 분다

청명하고 시원한 바람이 부는
가을의 날씨가 연상되었기에
몸도 마음도 고개가 갸우뚱

여름이 가을로 이사를 간 걸까?

오전 내 서늘한 바람 속에
일상생활은 무난하게 보냈지만
생체리듬은 적응이 되지 않는 가운데

얼마나 흘렀을까
따사롭고 무더운 햇살의 기운이
푸른 하늘을 뒤덮는다

역시 여름은 여름답고
가을은 가을다울 때 진정한 계절의
가치를 느끼며 살지 않을까 싶다

2018.7.10.(화) PM 3시

은은한 달빛

서늘한 아침 바람에 가을의 날씨
오후에는 무더위 속 여름의 날씨

가을과 여름 계절의 향기를 느끼고
칼국수 맛집을 찾아 얼큰 칼칼함 속에
즐거운 미소도 지어 보았다

늦은 점심이라 저녁의 생각을 접어둔 채
저녁 운동을 겸한 산책을 통해
심신의 건강함도 찾아본 늦은 밤

은은한 불빛 아래 녹색지대의 평화로움
하루를 평온하게 마무리하고
발길을 멈추며 상념에 잠기는데

한결같은 푸르름 속에 달빛 같은 불빛을
가슴속에 간직하며 살아가고 싶다

2018.7.10.(화) PM 10시 30분

꿈을 가져라

아름답고 행복한 시간
하고 싶은 것도 많고
하기 싫은 것도 많은 시절

푸르른 하늘보다 높고 푸른
넓고 넓은 바다보다 더 넓은 그 시절

지금은 모르겠지만 먼 훗날
살아온 발자취를 되돌아보면
알 수 있는 무한한 가능성의 그 시절

무엇이 그보다 아름다울 수 있을까?

주어진 일에 최선을 다하고
결과에 안주하지 않으며
끊임없이 도전할 수 있는 청춘의 특권

실패해도 다시 일어설 수 있고
쓰러져도 다시 뛰어갈 수 있는
청소년들의 열정과 바탕이다

무한한 가능성과 원대한 이상
꿈을 가지고 나아가길 기원한다

2018.7.11.(수) AM 10시 30분

아름다운 추억

무더운 여름 날씨에
더욱 뜨거운 문학의 열풍

둘째 녀석 중학교에 시문학 관련
발표회가 있다고 하는데 운 좋게
학부모 대표로 시 낭송에 참여했다

가슴 설레고 떨리는 이 마음

학교에서 준비한 교복을 입고
그동안 자작한 시를 낭독했다

젊음과 열정이 가득한 청춘들
끊임없는 박수와 웃음소리 특별한
실수 없이 시 낭독을 마치고 나니

꿈 많은 학창시절로 잠시나마
돌아갈 수 있어서 참 행복했다

2018.7.13.(금) PM 1시 30분

행복한 주말

태양의 열정 속의 주말
평소와는 다르게 보냈다

가슴 따뜻한 지인들과의 만남
세상 살아가는 이야기꽃

이렇게 재미날 수 있을까?

다양한 연령대 다양한 개성
자연스러운 서열 정리에 화합의 꽃

웃고 소리치며 박수 속에
무더위는 어디론가 사라지고
시간 가는 줄 몰랐다

즐거운 만큼 헤어짐의 시간은 다가오고
선선한 가을바람 불어올 때 재회의
만남을 약속해본다

무더위와 웃고 박수치다 보면
어느새 가을이 오겠지요

2018.7.15.(일) PM 8시

사랑가

가슴이 설레고
심장이 콩닥콩닥
얼굴에 미소 짓고
웃음이 끊임없네

봄에는 파릇파릇
여름은 싱그럽고
가을은 풍성하고
겨울은 행복하네

아기 땐 마냥 좋고
청소년 푸른 꿈 속
어른은 한잔 술에
노인은 허탈웃음

어제의 추억 속에
오늘은 보고 싶고
내일을 갈망하고
미래는 함께한다

2018.7.19.(목) PM 8시 30분

인생과 삶

인생은 드라마다
희노애락을 느끼면서 매회 방송을
설렘 속 기다림의 미학이다

인생은 연극이다
살아 숨 쉬는 박진감 속에
하나 되는 반전의 미학이다

인생은 영화이다
드라마와 연극을 섞어 놓은 듯
몰입 속에 감정의 미학이다

어떠한 인생을 선택하고 실천하느냐는
내면의 깊은 옹달샘 속에 부끄럽지 않은
삶의 자세가 중요하지 않을는지요

2017.7.20.(금) AM 11시

계란의 꿈

무더운 여름
따사로운 햇살이 뜨거운데
어떤 손길이 움직인다

노릇노릇 윤기 나는 계란프라이
부드럽고 담백한 삶은 계란
새로운 탄생의 노란 병아리
참으로 다양한 결과물로 변신한다

무엇을 선택하기보다는
선택을 받아들여야 하는 운명
저마다 의미 있는 결과이지만

오늘은 냉장고 속 시원함을
간직한 채 더위에 지친 사람 입으로
어두운 터널 속 머나먼 여행을 떠난다

병아리가 되고 싶었는데

2018.7.21.(토) PM 3시

매미의 합창

어두운 저녁 그림자 드리워도
계속되는 울림의 소리

맴 맴 맴 메에

매미들의 합창은 고층 아파트
거실까지 울려 퍼진다

무더위 속 소음으로 생각하기에는
너무나 오랜 기다림의 시간
땅속에서 칠 년 땅 위에서 십여 일의 삶

오랜 인고의 시간
짧은 일생의 시간
주어진 상황에 최선을 다하는
아름답고 행복한 소리

2018.7.21.(토) PM 7시 30분

달무리

여름밤 하늘 은은한 달빛
달님이 붉은 띠 치마를 입었다

평소와 달리 어여쁜 꽃단장이라
하늘나라 축제 파티에 가시려나?

달무리가 생기면 비가 온다는
속설을 오늘은 무조건 믿고 싶다

일기예보는 당분간 폭염특보를 예측
요즘 어쩌면 일기예보가 정확한지
은근히 얄미운 생각이 든다

달무리의 은은한 광채 속에
시원한 바람이 불어오고
한줄기 빗소리를 듣고 싶다

2018.7.22.(일) PM 8시 50분

내면의 정화

태양의 열기가 뜨겁고도
뜨겁게 달구어진다
끈질기고 오랜 생명력을 가진
이름 없는 풀 한 포기
무명초도 말라간다
조금씩 메마른 대지는
거북이 등처럼 갈라지고
분열이 오겠지
말라 없어지는 그 순간
내면의 허영 욕심 자만의 세포도
함께 사라졌으면 한다
타인의 허물을 보기 전에
자신을 성찰할 수 있는 참회
뜨거운 태양 아래 더러운 껍질을
벗고 새로운 자신을 되돌아보는
하루이고 싶다

2018.7.24.(화) PM 12시

장어의 힘

무더위에 연신 땀을 흘리며
온몸에 힘이 빠진다
태양의 열기에
식욕도 떨어지고
의욕도 방황한다
이대로 지칠소냐?
우연찮게 만난 지인들
의기투합 소주 한잔
지글지글 힘의 상징 장어
야들야들 뽀얀 속살
바삭바삭 힘이 난다
정다운 사람들 간 오랜만의 우정이
곁들이니 힘이 나고 행복하다
진정한 우정 앞에 피는 웃음꽃
무더위 안녕

2018.7.24.(화) PM 7시

여름 풍경

뜨거운 여름 세 가지 고갯길
삼복더위 초복을 지나 오늘은 중복이다
푸르른 들판은 초록의 물결이 짙어지고
부쩍 자란 농작물은 산들바람에 춤을 추고
태양의 열기와 열정을 온몸으로 즐긴다
오후의 열정이 느슨해질 무렵
금요일이라 이유 없이 즐거워지고
퇴근길에 수박 한 통 치킨 통닭 손에 들고
사랑의 보금자리로 발길 돌리니
사랑스럽고 행복한 여름은 익어간다

2018.7.27.(금) PM 6시

칠월의 마음

모처럼 뜨거운 햇살은 구름 뒤로
숨바꼭질 하느라 무더위는 주춤하고
흰 구름 뭉게구름 시냇물처럼 흘러간다
바람도 한들한들 불어오고
나뭇가지도 바람결에 춤을 추며
도로가 차량들도 평소보다 한가롭다
월말이라 한 달 정산이라는 업무에
정신없이 하루를 보내지만 마음은 허전하다
구름이 흘러가는 대로 시냇물이 흐르는 대로
바람이 부는 대로 햇살이 부서지는 대로
어디론가 무작정 떠나고 싶다

2018.7.30.(월) AM 11시 50분

새로운 성찰

윙 소리에 후두둑
째깍째깍 소리에 다듬어진다
무더위 속 검은 숲속 골짜기
어떠한 이정표도 없다

이발기와 가위의 분주한 움직임
양쪽으로 생겨버린 시원한 고속도로는
마음마저 상쾌하고
모든 상념 지워버린다

윙 윙 지난 한 달 동안 반성의 소리
째깍째깍 지난 한 달 동안 참회의 소리
비누 거품 속에 새로운 달력을 맞이하는
자신의 모습을 찾아낸다

2018.7.30.(월) PM 8시

여름 하늘

칠월의 끝자락 하늘은
시원한 파도처럼 파랗다
가을이 오기 전에
푸른 바닷가 물결에
마음의 여유를 갖고
잠시 쉬어 가라는가 보다

구름 한 점 없는 오늘
파란 하늘은 시원한 수채화
마음은 벌써 수채화 속에 풍덩하고
바다의 넓고 푸르른 시원함이
온 세상을 뒤덮은 듯하다
기분 좋은 아침 밝은 미소 속에
여름은 익어간다

2018.7.31.(화) AM 8시 30분

천연 사우나

햇살은 뜨겁고
삼복더위의 위용 속에
삼복더위와의 한판승부
도전장을 던져본다

에어컨도
라디오도 끄고
창문도 닫았다

이십 분 만에
백기를 들었다

온몸은 땀으로 샤워를 하고
목욕탕 한증막보다 더 뜨거운 열기
삼복더위는 역시 무더웠다

차량 창문을 열어보니
뜨거운 바람도 시원하게 느껴진다
여름 하늘이 참 아름답다

2018.8.1.(수) PM 12시

국수 사랑

얼큰 칼국수
맵고 얼큰하면서 텁텁하지 않은
그 맛에 중독된 사랑을 한다

콩국수
진한 콩국물 시원한 건강 덩어리
그 맛에 여름의 별미라 부른다

잔치국수
멸치왕자 다시마의 시원 담백한 육수
그 맛에 서민의 대표 음식 미소 짓는다

저마다의 특성과 개성
골라 먹는 재미와 선택
부담없는 사랑과 지갑의 인심
오늘밤 잔치국수 그 이름만으로도
즐거워진다

2018.8.2.(목) PM 10시

새로운 아침

나뭇가지 위에
열정 덩어리 해님이
기지개를 켜기 시작한다
오늘도 뜨거운 열정을
선물하려는가 보다

푸르른 들판을
황금들판으로 물들이기 위해
연신 따사로운 햇살을
선물하려는가 보다

뜨거운 열정과 햇살 속에
부정 시기 질투 갑질 등을 녹여
긍정 사랑 이해 배려가 가득한
하루가 되었으면 하는 간절함 속에
고추잠자리가 춤을 추는 아침이다

2018.8.3.(금) AM 8시 10분

자연의 소리

햇빛에 빛나는 강물
은빛 물결 속 춤을 추기에
강가 쪽으로 다가섰다

유유히 아름답게 흐르는
강물이 새로운 모습으로
태어나기 위해 도약을 한다

시원하고 웅장한 소리
부드러운 강물의 포효
발길을 멈추고 빠져든다

지그시 눈을 감고 폭포 소리에
두려움과 겸손의 마음이 들고
자연의 앞에 한없이 작아진다

2018.8.2.(금) PM 2시 40분

진정한 휴가

자연의 숨결이 가득한
산과 바다 계곡으로
떠나는 여름휴가

여러 가지 정황상
에어컨 틀어놓고 선풍기 돌리고
텔레비전 시청하면서 소시지랑
시원한 맥주 한잔

어떤 상황이든
즐거운 마음 맛난 먹거리
사랑스러운 사람과 함께한다면
진정한 휴가의 행복 아닐까?

조촐한 술상이지만
토요일 오후가 익어가고
맥주가 술술 넘어가며
기분이 춤을 춘다

2018.8.4.(토) PM 4시 10분

휴게소 풍경

어디론가 향해
떠나가는 사람들
분주함 속의 생동감
삶의 고단함 속의 휴식
간단하게 허기진 배를 채우고
마음의 여유까지 찾는다

유명 맛집 못지 않은 음식
깔끔하면서도 정갈하다
따사로운 햇살 아래
피서 가는 여행객들의
웃음이 흥겨운 아침이다

2018.8.6.(월) AM 8시

가로등 향기

어두운 도시의 밤 그림자
행여나 어두울세라
은빛 향기가 난다

오고 가는 사람들 속에
약주 한잔 기분 좋은 나그네
사뿐하게 나비춤을 추게 한다

도심의 변두리 도로가이지만
풀벌레 소리가 가을을 재촉하는 듯
가로등 빛 향기 아래 독창의 연주 소리는
여름밤을 아름답게 만든다

2018.8.13.(월) PM 10시 40분

싱그러운 아침

선선한 아침 녹색 물결
푸르름이 익어가고
매미소리가 이제는 정겹다

나뭇가지 사이로
해님의 방긋 웃음 따사로운
햇살을 선물 주시려고 한다

푸르름 속에 싱그럽고
매미소리 정겨우며
햇살 선물에 감사한 마음

오늘 아침은
커피 향기 대신에 둥글둥글
둥굴레차로 하루를 사랑한다

2018.8.14.(화) AM 8시 30분

신호등 의미

시원하게 앞으로 미래를 향해
달려 나갈 수 있는 녹색 신호등
성공의 열쇠처럼 느껴진다

한 번쯤 지난날 발자취
되돌아보고 잠시 쉬어 가라는
적색 신호등 깊은 뜻을 느껴본다

녹색 신호등과 적색 신호등
가교 역할을 하는 황색 신호등
서로의 역할과 의미가 새로워진다

나와 너만의 세상이 아닌
우리라는 세상을 바라볼 때 신호등은
진정한 마음의 별이 된다

2018.8.14.(화) PM 10시 20분

횡재

혹시나
간절함
기다림

반드시
누군가는
로또복권 당첨의 행복

또박또박
정성들여
행운의 숫자를 불러본다

2018.8.15.(수) PM 4시 30분

황금 아침

간밤에 꿀잠을 자고
상쾌하게 아침을 맞는다

시원하게 샤워를 하고
평소와는 다른 아침 밥상

따뜻한 밥그릇에
간장으로 조림한 돼지고기
계란 프라이 얹어지니
색다른 아침 비빔밥이다

날씨가 선선해지니
식욕과 입맛이 날개를 편다

2018.8.17.(금) AM 8시 30분

일요일 산행

무더위의 끝자락인 듯
열정이 뜨거운 일요일

어디선가 불어오는 바람
바람에 이끌려 오른 뒷동산

푸르른 나뭇가지 사이
햇살은 뜨겁지만 싱그럽고
우렁찬 매미소리 여름 보내기
아쉬운 듯 울음소리 계속된다

산행 간 흐르는 땀방울은
산들산들 불어오는 바람이
살포시 훔쳐간다

산 정상에서 거친 숨소리 잠이 들고
탁 트인 풍경에 마음의 여유 생기고
누군가 들려주는 음악소리 정겹다

무엇보다 시원한 생수 한 모금
갈증 난 심신 가뭄에 단비되어
살아 있음에 감사함을 느낀다

2018.8.19.(일) PM 2시

선택 1

어디로 가야 할지
방향의 결정
어느 쪽으로 가든
목적지는 나온다

순탄한 비단길
거친 돌바위길
어떤 길이든
선택에 따라 달라진다

마흔 후반의 인생길
지금까지의 살아온 길
되돌아보니 공허한 마음

앞으로의 인생 항로
어떤 방향이든 즐겁게 웃으며
나눔의 삶이 되었으면

2018.8.19.(일) PM 7시 30분

가로수의 밤

도심의 밤 가로수
네온사인 불빛 아래
빛줄기를 맞이하고 있다

밝은 대낮 태양의
햇살과는 또 다른
빛줄기를 즐기고 있다

어두운 하늘 아래
오색 불빛 화려한 조명
오늘따라 가로수가 춤을 춘다

아니 어쩌면 도심의 가로수는
어두운 밤의 고요함을 잊은 채
살아가고 있는 건 아닐까?

자연스럽지 못한 현실 속에서도
꿋꿋하게 무럭무럭 자라는
가로수를 보면서 인내를 배운다

2018.8.20.(월) PM 10시 30분

달빛과 별빛

어두운 적막감
유난히 빛나는 달님
달님의 은은한 빛이 아름답다

반짝반짝 빛나는
별님은 어디에 계시나요?

도심에서는 매연에 갇혀서
숨바꼭질을 하고 맑은 시골
밤하늘에서만 반짝반짝 인사를 한다

별님 없이 외로워 보이는 밤하늘
달님은 어두운 적막 속에서 도심의
희망의 등대지기 꽃이다

2018.8.21.(화) PM 10시 40분

겸허함

푸른 하늘 흰 구름 대신
검은 구름이 위협적으로
활개를 친다

바람도 산들바람이 아닌
강한 카리스마가 느껴지는
강풍의 분위기다

저녁 석양 붉은 물결은
검은 구름 속에 감금을 당해서
본연의 모습을 잃어버렸다

자연의 이치에 순응하고
자연의 섭리에 한없이 작아지는
모습 속에 겸손의 미덕을

2018.8.22.(수) PM 6시 20분

빛줄기

밝은 빛줄기는
세상을 바라볼 수 있는
관찰의 시간을 준다
눈에 보이는 상황이
전부인 양 모든 걸 보는 대로
판단하고 행동으로 옮긴다

어두운 빛줄기는
내면의 세상을 바라볼 수 있는
성찰의 시간을 준다
눈에 보이지 않는 상황
또 다른 마음의 눈으로
판단하고 양심으로 행동한다

현상에 충실하고
밝은 빛줄기와 어두운 빛줄기가
조화로운 하모니를 이루면서
보이지 않는 내면을 깨달을 때
세상은 아름답고 행복한
생명의 빛줄기가 가득하리라

2018.8.22.(수) PM 10시 20분

다행

강한 비바람
폭풍전야의 긴장감
오감의 촉을 곤두세웠다

예상과는 달리
선선한 바람은 폭염을 치유하고
적당한 빗줄기는 강물 속에 흐른다

메마른 대지에 촉촉함을 선물하고
자연의 이치와 섭리에 한없이
작아지는 삶의 모습에 겸손을
선물 받았다

산들산들 부는 바람 속에
마음의 여유를 가지고
싱그러운 오늘 아침을

2018.8.24.(금) AM 8시 30분

기다림 2

누군가를
한없이
만나기 위해
기다릴 수
있다는
이 시간
이 공간

그 무엇을
이루기 위해
기다릴 수
있다는
이 시간
이 공간

기다림은
진정한 미학
꽃이다

2018.8.24.(금) PM 10시 30분

건강한 아침

다양한 생각
심오한 느낌
가슴 따뜻한 사연
새로운 발견
기분 좋은 설렘

또 다른 관점
진한 감동
세상 살아가는 의미
방향을 찾아간다

매일 새로운 메뉴
건강한 주제
신선한 소재
맛있게 요리한다

영혼의 성장
정신적인 삶
펜이 칼보다 강하다
그 깊은 뜻을 알아가는
오늘 아침도 건강한
밥상을 먹는다

2018.8.25.(토) AM 8시

비 오는 일요일

포근하고 깊은 잠
머나먼 꿈나라 여행을 마치고
눈을 뜨니 하루의 반나절

하늘에서 내리는 빗줄기
메마른 대지를 촉촉이 적시고
강물 속에 녹아들어 세월 따라
구름에 달 가듯이 흘러내린다

휴일의 아쉬움을 달래고자
사색에 잠겨 명상의 시간 가져 보고
음악의 멜로디와 친구도 되어 보니
여유로운 일요일 재충전의 시간

2018.8.26.(일) PM 12시 10분

비 오는 날

비가 내린다
막걸리 한잔에 바삭 부침개
잘 어울리는 하루

오늘은 비오는 날의
추억을 새롭게 바꾸고자
커피 향기 가득한 곳에 왔다

향긋한 커피 향기
심신의 피로를 풀어주고
달달한 딸기 주스 바삭 고소한 와플
기분이 좋아진다

비 오는 날
커피숍에서의 일상의 대화
새롭고 운치 있는 날

2018.8.27.(월) PM 4시 30분

아침 하늘

새로운 아침
활기하게 시작하는 하루
우연히 하늘을 향한 시선

푸른 바다의 물결 같은 하늘
하얀 솜사탕으로 화장을 하니
푸르른 한 폭의 수채화

먹구름으로 화장을 한 하늘
어두운 기운 속에 중후함
먹으로 농담 효과를 살린 수묵 담채화

싱그러운 아침
수채화와 수묵 담채화
조화로운 하늘을 보며 아침을

2018.8.29.(수) AM 8시 30분

추억 향기

후루룩 맛있는 소리
후루룩 즐거운 소리
후루룩 행복한 소리

하얀 면발에 검은 소스
비비고 섞어주고 돌려주면
새롭게 탄생하는 음식의 꽃

어릴 때 기념일 특별한 날
어김없이 함께했던
최고의 음식 자장면

오랜만에 늦은 점심
추억의 향기 가득한 음식으로
낭만여행을 기분 좋게 먹었다

2018.8.29.(수) PM 1시 40분

들판

가슴이 뚫리고
머리가 맑아지며
기분마저 흥겨움
마음의 여유

푸르른 들판
벼들이 산들바람에
춤을 추고
하늘 높은 줄 모르는
꼿꼿한 자세

푸르름이 황금빛으로 물들고
곧은 자세가 고개 숙일 때
진정한 가을이 오겠지요

2018.8.30.(목) PM 1시 40분

추억 1

꿈나무 어린 시절
시간 가는 줄 모르고
놀이문화에 웃음꽃
우정이 자라던 놀이터

요즘은 예전보다 화려하고
꿈의 궁전 같은 공간
넘치는 세련미

그 시절 함께했던
친구들은 세월의 무심함에
어디서 무엇으로
추억을 떠올릴까?

2018.8.30.(목) PM 6시

달밤

어두운 적막감
가로등 불빛 아래
운동장 트랙을 쫓아간다

풀벌레 소리
거친 호흡 소리
포기하고픈 마음의 갈등 소리
묘하게 이룬 하모니

근육질은 단단해지고
지방은 불타오르는
야심한 밤 풍경
달님이 미소 짓는다

2018.8.30.(목) PM 10시 30분

금요일 비

주룩 주루룩
선선한 날씨 속에
쌍화차 건강 향기 마시는 아침
비가 내린다

팔월의 끝자락이 아쉬운 듯
폭염의 마지막 인사라도 하는 듯
비가 내린다

금요일의 이유 없는 설렘
황금 주말을 앞두고 있는 기대감 품고
비가 내린다

다가오는 구월
풍성한 수확과 결실의 기쁨
땀으로 정성을 다한 모든 분들의 노고에
깊은 감사를 하는 축복의 비가 내린다

2018.8.31.(금) AM 8시 30분

조합의 맛

쫄깃한 면발
홍합 오징어 해산물
양파 대파 고춧가루
돼지고기 당근 호박
굴소스 고추기름 후추 등
여러 가지 재료
잘난 척 안 하고
하나 되니

얼큰하고
시원하며
비 오는 날 짬뽕은
특히
최상의 향기
최고의 맛을
자부한다

2018.8.31.(금) PM 1시

진정한 친구

언제나
어디서나
함께할 수 있는
편안한 친구가 있다면
얼마나 행복한 인생길일까?

잘될 때
어려울 때
아랑곳없이
함께할 수 있는
참다운 친구가 있다면
정말로 즐거운 삶의 여정이 아닐까?

예전에
잘 몰랐던
그 녀석의 진면목
어리숙한 듯 행동하지만
남을 진정으로 배려하는 마음
최근에서야 진정한 인생여정에 보물을

2018.8.31.(금) PM 10시 30분

아침 산행

푸르름 가득
신선한 공기
넘치는 활력
평소와 달리
뒷동산 산책
풀벌레 소리
새들의 합창
상쾌한 기분
오감의 축복
자연과 동화
벤치에 앉아
한 구절 습작
너무나 감사
즐거운 주말
힘차게 멋진
파이팅 한다

2018.9.1.(토) AM 8시

영업 회의

한 달을 마무리
그 결과를 분석하는 회의
희노애락의 교차

실적이 좋으면 맑음
실적이 부진하면 흐림
박수 칭찬 격려 웃음도 있고
때로는 천둥도 치고 번개도 번쩍

이번 달은 다행히 맑음
새로운 개선 의지와 열정이
높이 평가되어 그러한 것 같다

영업 회의 참석의 별미
충주 공장 내 구내식당의 메뉴
오늘은 김치찌개와 잡채
메뉴 선정 고민도 없이 맛있게
기쁨의 웃음을 먹었다

2018.9.3.(월) PM 12시 20분

가을비 1

밤새 내리는 빗줄기
하염없는 가을의 눈물

메마른 대지
밤새 촉촉이 적셔놓고
불어넣은 생명의 기운

밝아오는 아침햇살
언제 눈물 흘렸느냐며
풍성한 가을 미소 짓는다

2018.9.4.(화) AM 9시

좋은 아침

선선한 아침
푸르른 들판
수채화 같은 하늘

사무실 주차장 뒤편
푸르름이 조금씩 황금빛으로
물들어가는 가을빛 향기

나뭇가지 사이에
무리지어 날아다니는 새들의
합창 소리로 싱그러운 아침
행복 대문을 열어본다

2018.9.5.(수) AM 8시 20분

푸른 하늘

신선한 아침
수채화 물감 푸른 하늘
더해지는 싱그러움

푸른 하늘 속에 수놓은
새하얀 양털 같은 구름
더해지는 포근함

아름다운 풍경
왠지 모를 상쾌함에
더해지는 설렘

2018.9.6.(목) AM 8시 30분

가을의 기도

가을에는
오곡백과 풍성함
행복하게 하소서

가을에는
마음의 여유가 넘쳐
사랑하게 하소서

가을에는
금은보화 가득한
부자 되게 하소서

가을에는
나눔과 봉사활동
가슴 따뜻하게 하소서

가을에는
무심함의 의미 속에
평온하게 하소서

가을에는
모든 것을 받아들이는
큰 사람 되게 하소서

2018.9.6.(목) PM 4시 30분

가을 감성

여유로운 주말
선선한 바람 속에
해님은 구름 속으로

청명하고 밝은 햇살 대신
회색빛 구름 중후함
나름 또 다른 가을의 향기

한적한 시골
가을걷이로 바쁜 농촌 일손
풍성함 속에 흙냄새의 추억

자그마한 화단의 꽃향기
노랑 주황 하얀색의 향연
가을의 전령사로 사나이 가슴을
설렘 속의 행복으로

2018.9.8.(토) PM 1시

무화과 찬가

따뜻한 타조표 비닐하우스 속
꽃이 없는 것처럼 보이지만
무화과 꽃은 열매 안에 존재한다

무화과를 반으로 자르면
붉은 속 알맹이가 무화과 꽃
그래서 무화과라 불리는 과일

무화과 열매는 물론
뿌리 잎까지 한방 생약으로
사용되는 영양가 높은 과일

자기 자신을 내면으로 아름답게
승화시키고 유유자적 겸손의 삶에
가을향기는 익어만 간다

2018.9.10.(월) PM 6시 20분

작은 콘서트

조용히 눈을 감고
차량 실내에 흘러나오는
음악 소리에 귀를 열고

라디오에서 여러 가지 사연들
가슴 따뜻한 삶의 이야기
삶의 향기에 마음을 열고

화려한 입간판 네온사인
무대 조명 효과 살려주니
기다림의 미학 콘서트가 된다

2018.9.10.(월) PM 10시 30분

도심의 밤거리

화려한 불빛은
어둠을 잠재우고
새로운 세상을 깨운다

고단한 하루를 보내고
목적지를 향해가는
쉼 없는 자동차의 행렬

서늘한 저녁 가을바람을
가슴으로 맞이하며
도심의 밤거리에 누군가를
기다리는 나그네가 된다

2018.9.12.(수) PM 7시 10분

새로운 하루

하늘에서 무언가 쏟아지려는
찌뿌둥한 날씨 속의 아침

평소와는 다른 곳을 찾아
하루의 일상을 시작한다

푸르른 바다가 보고 싶고
새로운 변화를 추구하고 싶어
오늘 하루 귀여운 일탈

설렘 기대감 속에
보다 나은 내일을 위한
힘찬 날갯짓을 해본다

2018.9.12.(목) AM 9시

가을밤

어둠이 내려앉은 운동장
가로등이 불을 밝히니
사람들이 모여든다

선선한 저녁공기 맞으며
건강한 체력 건강한 정신
건강한 가을밤을 즐긴다

가을밤 향기는
건강하고 행복한 웃음 속에
즐겁게 익어만 간다

2018.9.13.(목) PM 7시 20분

만남

세상을 살면서
많은 사람들과의 소통 속에
느껴지는 희노애락

더불어 함께
진정한 마음이 우러나면
진한 감동의 시간

하늘의 인연 속에
가슴 따뜻한 사랑과 나눔
함께할 그 님들이 오시기를

2018.9.17.(월) PM 10시 50분

일상 1

평범한 하루
아무 탈 없이
무탈하게
하루를
마무리
감사의 마음

최선을 다한
하루를 보냈기에
후회 없는
하루를
마무리
고마운 마음

열정을 다한
시간을 보냈기에
보람된
하루를
마무리
행복한 마음

2018.9.18.(화) PM 10시 40분

그리움 1

신선한 아침 공기
신선한 빗줄기
싱그러운 아침

요란함도 없이
시끄러움도 없이
사뿐사뿐 내리는 빗줄기

다가올 한가위 풍성함
고향의 향기 그리워서
내리는 따스한 눈물

2018.9.20.(목) AM 9시

선물

연일 계속 내리는 비
대지의 숨결에도
물이 고인다

먹구름 하늘에서 내리는 비
수확의 계절에 잠시
쉬어가라는 여유를 선물한다

유유히 떨어지는 빗소리에
마음을 비우고 눈을 감으니
내면의 고요함 속에 추억 향기를

2018.9.21.(금) AM 10시 30분

향기 1

비가 그치니
온 세상이 목욕을 한 듯
깨끗한 가을밤

도심 속 네온 불빛 아래
풀벌레 소리는
청아함을 더해주고

서늘한 가을밤 공기는
노란 참외 향기 속에
고향의 추억 여행을 마신다

2018.9.21.(금) PM 11시

추석

풍성함 넉넉함
가족 친지 간의 정
따스하고 따스하다

오랜만의 가족의 정
소주 한잔으로 깊어지고
피어나는 이야기꽃

시간 가는 줄 모르고
한가위 보름달 보며
밝고 훤한 미소를

2018.9.24.(월) PM 6시 50분

여유 1

월초 어김없이
찾아온 출장길

고속도로 휴게소 그네에
잠시 몸을 맡기고

가만히 눈을 감으면
요란한 자동차 소리에
느껴지는 생동감

바쁜 일상 속
지난 시간을 되돌아보는
마음의 여유를

2018.10.2.(화) AM 8시 10분

가을비 2

풍성한 수확
하늘은 높고
푸르름 가득해야 할
천고마비의 계절

오늘은 하늘에서
비가 쉼 없이 내리는
선선한 아침

가을에 내리는 비
새로운 추억 속에 잠기고
가슴 한편 쌓여가는 그리움

시간이 가고
계절이 바뀌며
세월이 흐를수록
가을비에 대한 감성은 아름답다

2018.10.05.(금) AM 9시 30분

가을바람

어두운 밤거리
가로등 불빛도 유난히
차갑게 느껴지고

옷깃을 스치는
밤공기에 몸을
웅크리는 계절

한 해를 냉정하게
마무리하라고 차가운
바람이 얼굴에

2018.10.10.(수) PM 11시

향기 2

차가운 아침바람
상쾌하면서도
느껴지는 계절의 변화

아침햇살은 따스한데
찬바람에 따뜻한
음식이 그리워지고

평소와 달리
커피 향기 대신 쌍화차
건강 향기로 아침을

2018.10.11.(목) AM 8시 30분

일상 2

하루가 시작되고
변함없이 흘러가는
일상의 반복되는 시간
정신없이 무언가
찾아다니다 보면

어느새 찾아오는 어둠
어두운 밤거리에
네온사인 불빛은
피로에 지친 심신을
어루만지는 이정표
어둠의 적막감에
잠시 몸을 맡기고 나면
새벽의 이슬을 지나

새로운 태양 찬란한
아침이 찾아오는 시작
변함없는 일상에
감사하고 새로운
의미를 찾아가는
계절의 주인공이 된다

2018.10.11.(목) PM 10시

희망 1

새로운 하루
밝은 빛줄기
세상을 비추고

새로운 한 주일
태양의 에너지
좋은 기운 받으며

마냥 좋은 일만
가득하고 행복한
웃음 가득하기를

2018.10.15.(월) AM 8시 30분

푸른 바다의 사랑

철석 처얼석
파도가 부서진다

푸른 바다의
하얀 파도의 물결은
정겹고 사랑스럽다

바닷물에 발을
정화시키니 마음마저
깨끗해진다

지금까지 처음으로
당신의 발을 손끝으로
만져보니 가슴이 뭉클해진다

푸른 바다의 부서지는
하얀 물결처럼 우리의 삶도
밝고 깨끗하게 살아가기를

2018.10.20.(토) PM 3시 20분

희망 2

변함없는 아침
태양의 뜨거운 미소

쌀쌀한 아침 공기
움츠러지는 어깨
마음은 따뜻하다

왜일까?

함께라는 공감 속에
배려의 사랑을 싣고
행복을 향해가는 비전

새롭게 시작하는 한 주일
나눔과 사랑을 실천하는
의미를 되새기면서

2018.10.22.(월) AM 8시

일상 3

서리가 내리기 시작한다는
열여덟번 째 절기인 상강

상쾌한 아침 사무실
뒤편 주차장에 반겨주는 까치

찬란한 아침을 축복하듯
강렬한 태양의 빛줄기는
온 세상에 힘찬 기운의 선물

활기찬 하루의 시작에 감사하고
주어진 모든 환경에 행복하며
가슴 따뜻한 눈물의 축복에

2018.10.23.(화) AM 8시 30분

감사 1

새로운 하루
평범한 일상
모든 사물들에
느껴지는 생명력
평소에는
무심코
바라본 세상
이제는
풀 한 포기
물 한 모금
들숨 날숨
공기 한 모금
무한한
감사 속에
오늘도
힘찬 하루를

2018.10.24.(목) AM 9시

가을

울긋불긋
화려한 색동옷
가을의 멋스러움

황금 들판
햇살 아래 벼 이삭
한없이 고개 숙이고

저 멀리
모락모락 피어나는 연기
풍성한 수확의 행복이

2018.10.25.(목) PM 4시 35분

시월의 향기

풍성한 수확
국화꽃 만발하고
단풍은 울긋불긋

선선한 아침 공기
강렬한 태양의 기운
싱그러운 자연의 원동력

시월의 끝자락
감미로운 음악 소리에
조용히 눈을 감으니
가을은 추억 향기에

2018.10.31.(수) AM 8시 20분

마음의 세상

밝은 햇살
푸르른 하늘
자연의 싱그러움

나뭇가지 사이
산들바람 정겨움
느껴지는 마음의 여유

조용히 눈을 감으니
또 다른 세상
축복 속에 무한 감사를

2018.11.1.(목) AM 9시 40분

따스함

푸른 하늘
태양의 열정
얼마 전에는
피하려고
바둥바둥
스산한 바람결
오늘의 태양
따뜻하고
부드러워
온몸을
거리낌 없이
한없이
받아주며
내려놓은
이 순간
행복의 여행을

2018.11.1.(목) PM 1시 50분

여유 2

혼들혼들
두둥실두둥실
그네에 몸을 실고
지그시 눈을 감으니
유유자적 구름 탄
행복한 나그네
울긋불긋 단풍 구경
가을 향기 빠져들고
추억의 공중전화
그리운 친구 생각
밝은 아침햇살
싱그러운 아침
희망의 문을
활짝 열어본다

2018.11.2.(금) AM 8시

선택 2

조금 전까지
햇살 눈부신
상쾌한 아침

잠시 후 눈을 떠보니
온 세상을 뒤덮은
새하얀 안갯속

태양빛은 달빛으로
주어진 환경에 따라
얼마든지 변화를

2018.11.2.(금) AM 9시 30분

가을 무지개

노란 단풍잎
붉은빛 잎사귀
울긋불긋
화려한 색동옷
조화로운 색깔
아름다움

떨어진 낙엽
포근한 솜이불
바스락바스락
맑은 멜로디는
추억의 발자취
계절의 흐름 속
계속되는
가을의 향연

2018.11.3.(토) AM 9시 50분

가을 풍경

하늘은 푸르고
흰 구름 수를 놓으니
한 폭의 수묵화

잠시 차를 세우고
자연의 향기에
지긋이 명상 속 여행

신선한 자연 숨소리
맑아지는 머릿속
정겨운 토요일 오후

2018.11.3.(토) PM 2시 40분

시골 아침

공기 맑고
자연의 향기 가득한
한적한 산골마을

꼬끼오 꼬꼬
음메 음메
정겨운 기상 소리

밤새 사우나 열기로
목욕시킨 안개가 걷히면
멋진 전원 풍경이

2018.11.4.(일) AM 7시 50분

절개

홀연히
바람
눈
비
천둥
추위
온갖 시련
모진 풍파
견디고
인내한
곧은 자태 소나무
사시사철
푸르름은
하늘 향해
축복 받으며

2018.11.4.(일) AM 10시 30분

설렘 2

푸르른 하늘
솜이불 구름
찬란한 태양 에너지

치유 축복 기운
가슴은 두근두근
무한 감사의 마음

새로운 한 주일
희망 행복 가득 싣고
힘찬 항해를

2018.11.5.(월) AM 8시 45분

가을 여행

상쾌한 아침
따스한 햇살 사이
앙상해진 나뭇가지

풍성한 오곡백과
아름다운 단풍 사이
한적해버린 들판

가을의 끝자락
아름다운 추억의 선물
입동의 절기 하루 앞두고
새로운 만남을

2018.11.6.(화) AM 8시 30분

입동

어슴푸레 스산함
희미하고 서늘한 아침

사계절의 끝자락답게
해님도 잠시 쉬어가게 하고
차가운 바람 속 흘리는 눈물

따스한 봄 기운 향기
뜨거웠던 여름날 열정
풍성했던 가을날의 행복
지난날의 추억 속으로

훨훨 날아가는 새들의 자유
성찰과 참회의 시간 속에
겨울의 의미를 되새기며

2018.11.7.(수) AM 8시 40분

겨울비

앙상해진 나뭇가지 사이로
하늘에서 내리는 눈물

무성했던 나뭇잎
바닥에 떨어짐이 애달파서
조심스럽게 사뿐사뿐

엄동설한 추운 겨울날씨
마른 나뭇가지 겨울나기
걱정스러운 마음으로
어깨를 토닥토닥

떨어진 낙엽은 땅속
나무의 자양분이 되어
따스하고 화창한 봄날에
새로운 만남을

2018.11.8.(목) AM 8시 40분

행복 1

보슬보슬 내리는 겨울비
서늘한 바람 움츠린 어깨
어김없이 찾아온 배꼽시계

오늘은 무엇을 먹을까?

여러 가지 산해진미 가득
마음껏 골라먹는 뷔페
배부르니 미소 짓는 얼굴

계산대 앞에 할머니들
서로 계산하겠다고 옥신각신
구부러진 허리 주름진 이마

식사 한 끼에서 오고가는
가슴 따뜻해지는 사랑과 나눔
하늘에서 내리는 축복의 눈물이
따뜻한 기운 차림으로

2018.11.8.(목) PM 1시 10분

금요일 1

하늘의 구름 웅장한 모습
해님마저 숨기니
어두컴컴한 세상

해님도 질세라
구름과의 숨바꼭질
가끔씩 고개 내어 밀고

구름이라는 현상을 걷어내면
밝은 태양 같은 내면의 세상
기도하고 선행하는 삶을

2018.11.9.(금) AM 8시 30분

여유 3

푸르른 하늘
울긋불긋 단풍잎
솔솔 불어오는 산들바람

모처럼 찾은 뒷동산
숨 가쁜 들숨 날숨
한 발짝 한 발짝

산 정상에 올라
늦가을 초겨울 정취
잠시 눈을 감으니

새소리 풀벌레 소리
낙엽 떨어지는 소리
바람결에 이는 공감각
마음의 평화 속에 미소를

2018.11.10.(토) PM 1시

문화생활

화려한 조명 음악
생동감 있는 무용
역동적인 연극

난생처음 관람
새로운 문화 체험
뮤지컬과의 만남

가슴 설렘
지난날의 반성 해후
깊은 감사함 속의 저녁

2018.11.10.(토) PM 5시 30분

선택 3

평소와 다른 일요일
아침 일찍 시작된 아침

설렘 속에 찾은 도원
일요일 법회의 축복
해원상생의 마무리

구름 낀 흐린 날씨지만
가슴 따뜻한 마음속에 선교 사명을
다짐하는 의미 깊은 오늘

2018.11.11.(일) PM 2시 20분

월요일 1

새로운 한 주일
분주한 일상
시작의 의미

일요일의 향기
아름다운 추억
오늘의 원동력

주어진 하루
감사의 마음
깊은 의미 되새기며
힘차게 아침 대문을

2018.11.12.(월) AM 7시 30분

관점

노오란 국화꽃
겨울이 도래했건만
더욱 싱그러운 자태

가는 계절의 아쉬움
오는 계절의 부끄러움
설렘 속 피어나는 꽃향기
떨어진 낙엽더미의 의미
앙상해지는 나뭇가지

새로운 절기 맞아 성숙된 만남
그날을 위해 잠시 떠나는 여행
그 깊은 의미에 아름다운 아침을

2018.11.13.(화) AM 8시

수험생

시험이라는 관문
긴장감 속의 떨림
어떻게 하루해가 지나가는지
어리둥절한 오늘

삼십여 년 전
그 긴장감과 떨림
새롭게 느껴본 오늘
추억의 감회 속에 쓸쓸한 미소

이제 얼마의 시간이 지나면
수능이라는 굴레를 벗어나
모든 걸 잠시 잊고
충분한 휴식 속의 여유를
수고 많았다 사랑한다 아들아

2018.11.15.(목) PM 4시 50분

인연

차가운 날씨
강렬한 태양
푸르고 높은 하늘

삼 년간의 아픔과 고통
참회 용서 감사 속에
새로운 비전 공유

홍익의 큰 뜻
예술혼의 완성
동고동락하며 함께할
새로운 만남이 영원하기를

2018.11.19.(월) AM 11시 12분

밝은 기운

새로운 마음가짐
하고자 하는 열정
강인한 의지

마음을 모으니
감도는 따뜻한 기운
이루어지는 선도문화

하늘의 축복 메시지
까치 전령사 날아드니
희망의 빛이 자란다

2018.11.20.(화) PM 1시

실체

차가운 아침의 햇살
새로운 하루의 시작
푸른 하늘 속 하얀 물결

두둥실 유유히 흐르는
맑은 시냇물의 향기처럼
흰 구름은 깨달음의 향연

하늘 땅 사람 조화로운 풍경 속
조용히 눈을 감으니 떠오르는
옹달샘 밝은 빛 줄기

2018.11.23.(금) AM 8시 30분

소망

겨울의 첫눈 소식
옷깃을 여미는 바람
실감나는 겨울 동장군

차가운 날씨 속에도
울긋불긋 푸르름 단풍잎 속에
소나무의 싱그러운 절개는
삶의 자세에 대한 가르침

힘찬 에너지 열정 가득한 여기
싱그럽고 푸르름 가득함을 안고
내면의 간절한 기도를

2018.11.24.(토) AM 10시 50분

겨울 축제

첫눈이 내린 오늘
가슴 두근두근 설렘
옹기종기 모여드는 온기
시끌벅적 오고가는 아우성

겨우내 일용할 양식
하얀 새색시 겉절이 배추 양
화끈하고 열정 넘친 고추 군
어울렁 더울렁 최고의 일심동체

빠질 수 없는 소주 한잔
담백 고소 육질 좋은 수육
오고가는 대화 속에 피는 꽃
진정 세상 살아가는 의미를

2018.11.24.(토) PM 7시 40분

그리움 2

겨울밤 넘치는 사랑
이야기꽃에 핀 보약
새색시 겉절이 양
화끈 열정 고추 군
하나 되어 맺은 연
처갓집 김장김치 담그는 날
허리가 아파도
손목이 저려도
가족 생각에 넘치는 기운

휘영청 밝은 달빛은
시골집 밝은 기운 전해주고
때마침 바다의 우유
싱싱한 굴 시원한 해물탕
소주 한잔에 금상첨화
기분은 흥이 나는데
허전한 가슴 한편
은은한 달빛 향기 속에
달구벌에 두고 온
님 생각에
무심한 달빛만 미소 짓는다

2018.11.24.(토) PM 8시 20분

새로운 도전과 향기 134

행복 2

하늘 아래 각양각색
다양하게 살아온 삶
개성이라는 이름으로
자존심이라는 명분으로
자기 주관적인 생활
세월이 흐르고
산전수전 겪으며
이제야 느껴지는 삶
이제야 알아가는 가치
이제야 어우러진 우리
마음을 열고
가슴으로 품으며
서로의 가슴속
아픈 상처 어루만지며
사랑으로 이어가고
희망을 노래하리라
새로운 인연으로 맺어진 가족
일곱 남매의 무한한
삶의 가치를 노래한다

2018.11.25.(일) PM 11시

경험

교육 문화
세상의 중심
오랜만에 찾은 서울

난생처음으로 만난 국회의사당
방송 매체에서의 만남보다
느껴지는 생생한 생동감

지인 미술 전시회 지원차
국회 입성이지만 역사의
한 분야에 선 감회를

2018.12.1.(토) AM 9시 20분

하늘 눈물

푸르고 맑은 하늘
상쾌해지는 마음가짐
새로운 희망의 선물

검붉은 뭉게구름 하늘
장엄해지고 숙연한 마음
지난 시간들 참회의 선물

희망은 노란 개나리꽃의 향기
참회는 백합꽃 순결의 깨끗함
조화로운 어울림 속 삶의 행복
축복의 눈물이 흐르는 아침

2018.12.4.(화) AM 9시

여명

겨울의 새벽은
차가운 바람 속에 옷깃을
여미고 움츠러드는 몸짓

깊은 단잠 따스한 이불
눈을 비비고 바라보는 시계
천근만근 쉬고 싶은 마음
과감하게 떨쳐내야 하는 현실

오늘따라 유난히 차가운 바람 속
책임감을 생각하고 달려오니
잠시 쉬어가는 휴게소에서
밝아오는 아침햇살 희망의 빛을

2018.12.8.(토) AM 7시 20분

첫 눈

새하얀 꽃송이
온 세상을 축하하듯
사뿐사뿐 바람을 탄다

자주 오는 눈꽃송이 아니기에
새로움 속에 피어나는 희망
막연한 설렘 속의 즐거움

바쁜 일상 치열한 삶의 환경
잠시나마 모든 시름 내려놓고
솜사탕 눈꽃송이 느껴보는
행복한 아침을

2018.12.11.(화) AM 9시 50분

기차 여행

바쁜 일상 속 정신없이 걷다 보니
벌써 12월 달력도 얼마 남지 않은 현실
설렘 가득한 기차에 몸을 맡긴다

어제가 새해 같은데
지난 시간을 마무리해야 하는 12월은
많은 걸 회상하게 하는 일기장 같다

업무차 가는 기차 여행이지만
잠시 추억의 동심을 꿈꾸고
올해의 희노애락을 되돌아보며
다가오는 새해의 꿈을

2018.12.19.(수) AM 9시 40분

뒷동산 찬가

평소보다 늦은 기상
모처럼 꿀잠 속의 행복
크리스마스의 아침

늦은 아침은 점심의 친구
무얼 할까 망설이다가
매듭 지어지는 등산화의 끈

잔뜩 흐른 겨울날씨는
등줄기의 흐르는 땀을 식혀주고
자그마한 뒷동산 정상에 오르니
시원해지는 마음의 콧노래

어릴 때 산타 할아버지를
기다리는 아름다웠던 동심은
세월의 풍파 속에 가슴 깊이
행복한 추억의 향기를

2018.12.25.(화) PM 2시 50분

콩닥콩닥

어제저녁부터 시작된 단식
의도와는 상관없는 관례
느껴지는 한 끼 식사의 소중함

올해는 조금 여유 있게 세웠던 계획
어김없이 연말의 막바지에 건강검진
많은 사람들의 초조한 기다림

순서대로 진행되는 항목별 건강 체크
가슴이 설레고 두근두근 긴장감
혹시나 하는 생각은 세월의 발자취

내년부터 새로운 마음가짐 건강관리
다시 한 번 되새기면서 건강의 소중함
얼큰한 음식으로 점심 메뉴로 선정하고
은빛 찬란한 강물 같은 오후를

2018.12.27.(목) AM 11시 46분

새벽 기도문

달님이시여
항상 은은한 향기 속에
온화한 성품을 지닐 수 있기를

별님이시여
언제 어디서나 빛의 향기 속에
반짝반짝 빛낼 수 있기를

구름이시여
어떠한 상황 속에서도 시냇물처럼
흘러가는 유유자적할 수 있기를

꽃님이시여
아름답고 어여쁜 꽃향기 속에
밝은 미소가 가득할 수 있기를

하늘이시여
세상 살아가는 올바른 삶의 의미를
찾을 수 있는 지혜와 용기를 주시옵소서

2018.12.28.(금) AM 6시 10분

물레방아

새해의 찬란한 태양의 기운
차가운 바람 속에 간절한 소망
희노애락이 돌고 도는 일상
가슴 벅찬 꿈을 안고 살아온 일 년

어제 같은 새해의 아침은
연말의 끝자락을 향해가고
또 다른 새해의 손님을 기다린다

변함없는 태양의 기운 속에 하루의 시작
한결같은 달님의 미소 속에 하루를 마무리
아무 탈 없이 살아가는 일상의 행복
감사한 마음에 새롭게 미소 짓는 희망

지난 일 년의 발자취를 되돌아보며
겨울밤 추억으로 나누는 세상살이
언제나 돌고 도는 물레방아 인생
새롭게 시작될 새해의 설렘
희망찬 마음가짐에 행복이 자란다

2018.12.29.(토) PM 11시 40분

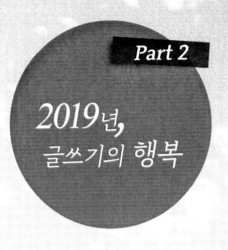

Part 2

2019년,
글쓰기의 행복

새해 아침

새로운 한 해를 시작하는
설렘 가득한 아침
샘솟아 오르는 희망

무엇이든지 이룰 수 있고
어떠한 상황도 이겨낼 수 있는
마음가짐 속 새로운 다짐

후회 없는 일 년의 첫 항해
도전과 열정의 생활 자세
자율과 책임의 간절함
행복의 꽃이 노래를 한다

2019.1.1.(화) AM 8시 30분

시무식
〰〰

새벽공기를 가르며
한 시간 남짓 달려온 이곳 고속도로 휴게소
항상 월초 회의 참석차 머무는 장소

오늘도 변함없이 안식처 같은 마음의 선물
평소와 다르게 아직도 감도는 밤의 적막
조금씩 기지개를 켜는 여명의 눈동자
새벽 겨울의 아름답고 시원한 정취

새로운 한 해를 본격적으로 시작하는 오늘
가슴에는 따뜻한 사랑을 품어보고
머리에는 논리적인 사고 속의 통찰력 속에
즐거움과 행복의 항해를 느껴본다

2019.1.2.(수) AM 7시 15분

겨울 속의 봄

차가운 바깥의 날씨
움츠러드는 마음과 몸
겨울다운 체감

어디선가 봄 향기가?

최고의 품질 타조표 비닐하우스
새하얀 보온 비닐하우스 속 딸기
푸르른 싱그러운 치마를 두르고
소리 없는 붉은 열매의 아우성

하루가 다르게 쑥쑥
탐스럽게 예쁜 치장을 하고
새로운 세상으로 포장되어 떠나는 여행

아름답고 착한 사람들
어여쁜 마음의 옹달샘 바다에
향긋한 봄 향기를 전하러
떠나는 아름다운 여정이 시작된다

2019.1.4.(금) AM 9시 30분

새로운 탄생

보글보글 후루룩
후룩 후루룩
참 맛있는 소리
꼬불꼬불 쫄깃한 면발
얼큰한 듯 시원한 국물
언제 어디서나 한결같은 맛

보약 같은 마늘
바다 내음 가득한 어묵 맛살 홍합
혼연일체되니 새로운 맛의 조화
어젯밤 숙취는 도망을 간다

환상 조합 면발과 라면 국물
친구는 김치밖에 없지만
황후의 밥상이 부럽지 않은
행복한 토요일 아침을

2019.1.5.(토) AM 8시 50분

빙벽

겨울이라는 계절
유유히 흐르는 물길마저
시간의 흐름을 멈춰 버리고
흐르는 물길은 맑은 수정체가 되어
반짝이는 하얀 아이스크림 같다

아마도 여름이라는 계절
빙벽의 자태를 감상할 수 있다면
무더위 속 시원한 얼음 결정체에
얼마나 시원함을 가질 수 있을까?

차디찬 겨울에 빙벽을 보고
여름에는 빙벽을 못 보는 것은
자연의 이치와 순리 속 사계절에
순응하는 삶의 자세를 배우고
반대편 소나무의 사시사철 푸르름 속에
초연한 지조와 절개를 마신다

2019.1.7.(월) AM 10시 50분

싱그러운 아침

자욱한 안갯속 겨울 아침
맑은 날씨와는 또 다른 느낌
우아한 분위기 정거운 정취
타조표 비닐하우스 속 하얀 딸기꽃
오늘 따라 더욱 정거움
공중에 매달린 탐스러운 딸기
우아한 침대 위에서 하루를 연다
흐린 날씨는 분위기에 취하고
맑은 날씨는 청아함을 노래하니
저마다의 느낌 속에 세상은
변함없이 활기찬 아침을

2019.1.8.(화) AM 9시

새벽

겨울밤 깊어 가면
기나긴 어둠 속의 고요함
고요한 적막을 깨는 건
새로운 먹이를 찾아 떠나는
모래사막의 하이에나

화려한 네온사인 불빛은
도심을 잠들지 않게
언제나 어둠을 밝혀준다

삶의 활력이 넘치는
사람들 눈가에는
또 다른 목적지를 향해
무언가를 찾으려는 책임감으로
지금을 달리며 먹는다

2019.1.11.(금) AM 6시 40분

토요일 일상

목마름 갈증
천근만근 몸을 세우고
오아시스 샘물로 눈을 뜨니
시간의 흐름을 알 수가 없다

지난밤 깊어진 소주 한잔
초저녁의 어슴푸레함
새벽의 여명의 눈동자
흔들리는 머릿속
시계바늘 흐름을 보니
토요일 오후로 향한다

은은한 구름빛
잔잔하면서도 차분함
심신의 안정을 느끼며
마음속 느껴지는 꽃향기의
추억으로 토요일을 먹는다

2019.1.12.(토) PM 2시 30분

안갯속 향기

평소 일요일보다
일찍 시작된 아침
안갯속 바깥 풍경
답답해오는 기분
달달하면서도
향긋하고
건강에도 좋은
아침 보약 만들기 도전
냉장고 속 있는 재료
이것저것 모아 모아
식용유로 달달 볶고
노란 건강 덩어리 카레 향기
물아일체되니
보기보다 진짜로
정말 맛이

2019.1.13.(일) AM 10시 20분

석양

어슴푸레 땅거미
세상을 감도는 기운
여명의 눈동자보다
석양의 눈동자가
오늘따라 새로운 감회
하루를 마감하고
새로운 내일을 위해
잠시 어두운 터널로
여행을 떠나며
은은한 향기 속에
밤의 전령사
달님 별님 화장을 하고
아름다운 밤하늘의
등대지기 노래를 한다

2019.1.14.(월) PM 5시

향기

앙상한 나뭇가지 사이
푸르른 하늘 흰 구름의 조화
아름다운 수묵화의 내음새

떠오르는 해님
겨울 아침 따스하게 비추니
움츠렸던 세상에 기지개 내음새

강인한 생명력
이름 모를 풀 한 포기
하얀 백발 모습에도 따스한
봄날을 기다리는 희망의 내음새

세상만사 저마다의 조화 속에
아름다운 만남을 이어가기에
오늘은 가슴이 따뜻한 향기가
가득한 사람이 그리워진다

2019.1.16.(수) AM 8시 40분

억새와 갈대

푸른빛 겨울하늘
삭막한 들판 사이에
간절한 기다림의 몸짓
바람이 불면 부는 대로
연신 흔들림 속의 자태

무엇을 바라는 걸까?

온 마디마디 모든 걸
버리고 버렸지만
마지막 잎 끝자락은
듬성듬성 무성한 잎

애달프고 간절한 기다림은
따사로운 햇살 속에
갈대와 억새는
봄 향기를 달린다

2019.1.16.(수) PM 4시

막걸리 추억

오늘따라 유난히 바쁜 일정
정신없이 하루 일과 마치고
퇴근길 보금자리 도착하니
복숭아 향기 가득한 막걸리가
냉장고 속 나를 반긴다
하루의 피곤함을 반겨주기에
저녁밥 대신 너를 선택한다
조촐한 과자 몇 조각
고소한 땅콩 부스러기
행복한 막걸리 만찬
새콤달콤 한 잔 두 잔
하루의 피로를 잊고
삶에 무한한 희망 되새길 즈음
닭볶음탕 안주가
도래한다
에헤라디야
어절씨구
우리의 술
고향의 술
막걸리는 추억과 희망
사랑하는 님인가 보다

2019.1.17.(목) PM 9시

행복 3

지난밤 막걸리 추억 여행
시원 얼큰 동태탕으로
마음속을 달래고
머리 띵한 기분은
겨울햇살 따사로운
넓은 들판에서 기운 받는다

겨울잠 자는 새하얀 들판
인내하고 새로운 탄생을 기다리며
차디찬 서릿발을 반긴다

기다림의 미학
겸손의 미덕
평범한 일상 속의 시간
현실 속에 주어지는 희노애락
감사하며 받아들이고
간절한 기도를

2019.1.18.(금) AM 8시 30분

일요일 아침

바쁜 일상
열심히 살다보면
가끔씩 느껴지는 그리움
가족이라는 사랑
오고가는 대화 속 관계
따스한 믿음의 가치

밤늦도록 이어지는 이야기꽃
꽃향기에 취한
일요일 아침
해님의 방긋 미소

아름다운 일요일
행복한 일요일
평소와 다른 오늘
어디선가 또 다른 향기가 난다

세상 살아가며
의지하고 믿어주며
사랑할 수 있는 가족
처가집 모임이라는 행복함에
오랜 시간 함께할 수 있도록
감사의 기도를 올린다

2019.1.20.(일) AM 9시 10분

은빛 향기

처얼석 처얼석
살아 숨 쉬는 자연
겨울바다의 은빛 물결
눈부신 새하얀 빛깔
잔잔한 바다
평화스러운 마음
내면의 묵은 찌꺼기
골치 아픈 모든 상념
푸른 바다 은빛 물결에
모두 실어 보낸다

2019.1.20.(일) PM 2시

보름달

어두운 땅거미
차가운 바람 속
은은한 빛줄기가
퇴근길을 비추고
앙상한 나뭇가지 사이
덩그렇게 두둥실 두리둥실
터질 것 같은 복스러움
달덩이 속 재롱둥이
떡방아 찧는 토끼는
은하수 물결 타고
어디로 갔을까?
겨울밤 하늘 어두운
적막감을 마음으로
아름답게 노래한다

2019.1.21.(월) PM 8시

김밥

까만 치마 속
아우성치는 소리
노란 무우 아가씨 구두 소리
푸른 시금치 아저씨 고함 소리
빠알간 당근 총각 운동하는 소리
야들야들 계란 지단 나풀나풀
재미나게 재잘재잘
새하얀 쌀집 할아버지
즐겁고 재미난 녀석들을
멍석말이하듯이
칼국수 반죽하듯이
돌돌 도올돌
검은 치마 속으로
행복을 굴린다

2019.1.22.(화) PM 9시 30분

김밥 사랑 1

맛있는 김에 하얀 밥
여러 가지 재료를 넣어
돌돌 말아 싼 음식
밥은 소금만으로 친구 되니
외로울까 봐 색다른 양념의 만남
새콤한 식초
짭짜름한 소금
달콤한 설탕
어우러지는 황금비율

단무지 달걀 어묵 당근 시금치
내로라하는 필수 영양소
총출동하여 화합하니
소풍 나들이 도시락에 불티난다

새로운 시대에 발맞추어
김치 참치 치즈 다양한 맛
삼각 꼬마 누드 다양한 모양
맨밥에 김을 싸고 반찬 따로 충무김밥

기호에 따라 남녀노소
누구나 좋아하는 국민 음식
누구나 추억 어린 깊은 사랑
오늘은 진정 김밥 사랑 고수를 만났다

2019.1.22.(화) PM 11시 10분

김밥 사랑 2

변함없이 떠오르는 아침햇살
시원한 바람결에 여미는 옷깃
가벼운 발걸음 속 맞이하는 아침

지난밤 김밥의 무한 매력에
기분 좋아지는 건 왜일까?

아삭아삭 노란 단무지
야들야들 어묵 계란 지단
싱그러운 시금치 당근 우엉
식성 기호 따라 추가되는 신선 재료

새하얀 이불 위에 부둥켜 안고
너와 나가 아닌 하나 되어
검은 장막 속을 구르고 다지어
일심동체 이루어내니
과연 그 맛은 춤을 춘다

2019.1.23.(수) AM 8시 40분

걱정하지 마라

상쾌한 아침 햇살
오늘 아침 만난 좋은 글

걱정하지 마라

과거를 용서하고
현재를 사랑하며
미래를 설계하는 마음

희망의 날개를 보았다

2019.1.24.(목) AM 9시

금요일 2

어두움이 내린 밤
적막감을 밝혀주는 빛
차가운 바람도
외로운 마음도
가벼운 주머니도
꿈이 있기에
불빛 따라
춤을 춘다

2019.1.25.(금) PM 7시

월요일 항해

새로운 한 주일
어둠의 적막이 가득하지만
도심의 보금자리에서
삶의 일터로 시작된 항해

아름다운 님이 전하는 메시지
세상은 바다와 같고
우리의 삶은 항해와 같다

가슴 따뜻한 마음의 양식
발걸음 가볍게 사뿐사뿐
월요일 아침
희망찬 항해
행복한 항해
긍정의 자신감으로

2019.1.28.(월) AM 7시 10분

겨울 냇가

하늘은 푸르고
햇살도 따사로운 오후
간간히 불어오는 차가운 바람
혹시나 하는
봄 생각에
유유자적한 시냇물
발을 담그었더니
온몸에 전해지는 냉기
헐레벌떡 마른 돌덩어이에
몸을 맡긴다
시원하고 경쾌한 물소리
기분마저 상쾌해지는데
아직 봄은 멀었는가?
마음의 봄은 벌써

2019.1.29.(화) PM 1시

새로운 시작

빛나는 졸업장을
타신 언니께 꽃다발을
가슴 뭉클해지는 그 노래

오늘따라 가슴이 떨리고
잔잔한 추억 속에 잠기며
삼십이 년 전 함께했던 녀석들

지금은 같은 하늘 아래에서
저마다의 아름다운 삶을
살아가는 중년이 되어 버린 현실

무심한 세월 속이지만
학창시절의 아름다웠던 꿈
추억을 먹고 살기에
힘을 내고 밝은 웃음 속
오늘따라 자장면이

2019.2.1.(금) PM 12시 20분

해장국 찬가

보글보글
아삭아삭
후루룩후루룩
쫄깃한 면발
시원 얼큰한 라면 국물
연신 나오는 감탄사
하아 캬아 쩝쩝
간밤의 숙취 님
저 멀리 도망을 가고
늦은 아침이지만
싱그러움을 먹었다

2019.2.2.(토) AM 10시 20분

비 오는 일요일

비가 내리는 일요일
왠지 모르는 차분함
이불과 씨름 한 판을
끝내고 눈을 뜨면
벌써 오후를 지나고
아쉬움 허망한 시간을
어떻게 달래나 고민하다
모듬 순대 한 접시
기분 좋아지는 맑은 알코올
한잔 속에 미소 짓는다

2019.2.3.(일) PM 2시

아침 풍경 2
︵︵︵︵︵︵

새로운 한 주일의 시작
어슴푸레 안개의 향연
한치 앞이 보이지 않고
둥그런 형체만 본다

일요일의 휴식
짧고 아쉬움이 남아서인지
안갯속 풍경은 마음으로 본다

멀리 내다보는 세상살이
때로는 가까운 삶의 모습을
되돌아보라는 안갯속 풍경 속에
감사한 아침을 먹는다

2019.4.8.(월) AM 7시 40분

초저녁

어슴푸레 드리운
눈동자 속의 푸르름

뜨거운 태양빛의 하루
허전한 마음 쉬어 가라고
미소 짓는 달님의 향기

미루나무 전봇대
가늘게 늘어진 전선줄 아래
희망의 빛이 토닥거린다

2019.4.16.(화) PM 6시 40분

오월의 향기

상쾌한 아침
산들바람 속 빛나는 햇살
여유로운 만남

마음의 문을 열고
고속도로 휴게소 뒤편
가벼운 발걸음

변함없이 반겨주는
흔들흔들 의자에 몸을 맡기며
아침 향기를 먹는다

2019.5.2.(목) AM 8시

오월의 뱃사공

따사로워지는 햇살
푸르른 하늘
두둥실 구름 한 점

흘러가는 강물 속에
푸르른 하늘
구름 한 점 아름다운 동행

산들바람 숲속에서
눈꽃송이 홀씨 되어 흩날리니
마음의 돛단배 노를 젓는다

2019.5.7.(화) PM 1시 30분

그냥요

가정의 달
오월 따사로운 햇살 속
여유로운 일요일의 향기
세상 살아가는 이야기꽃

어디에서 들리는 걸까?

하하호호 박장대소
하단전에 기운 쌓이고
힘찬 함성 박수소리
중단전에 문이 열리며
촉촉한 두 눈가에 흐르는 눈물
상단전이 하늘과 통한다

은은한 달빛 향기 생활 속 가르침
오늘따라 유난히 가슴속을 파고드니
세상 살아가는 서민의 삶 밝아지네

하늘 땅 사람
삼위일체 하나 되는 세상
삼천리 금수강산 방방곡곡
목 놓아 소리치고
그날을 기다리며 노래하리라

2019.5.12.(일) PM 7시

토요일 향기

햇살은 따사롭고
때 이른 무더위 속
푸르름 가득한 운동장

산들산들 불어오는 바람
흔들흔들 그네에 몸을 맡기니
여기는 무릉도원

가정의 달
오월의 행복 속에
사랑과 추억을 먹는다

2019.5.25.(토) AM 11시 30분

금요일 오후

장맛비가 내려서인지
우렁차게 흐르는 시냇물
소리마저 느껴지는 상쾌함

하늘은 푸른 치마를 두르고
새하얀 솜사탕 구름 타고
두둥실두둥실 두리둥실

따사롭게 내리쬐는 햇살
등줄기에 흐르는 땀방울
시냇물에 두 발을 담그니
행복 웃음이 노래를 한다

2019.6.28.(금) PM 2시

물레방아 추억

무심한 구름 속 나그네
설레는 바닷가 파도소리에
잠시 추억 이야기 봇짐을 풀어놓는다

아련히 떠오르는 황홀함
소주잔에 비춰진 그녀는
옹달샘 뒤편 싱그러운 산딸기

둘이 아닌 하나
밤새 이야기꽃으로
그리운 밤바다를 하얗게 태우고

오랜 시간이 흐른 지금도
푸르른 청사포 바닷가를 떠올리면

끊임없이 샘솟는
행복한 이야기꽃으로
설렘의 파도가 춤을

2019.8.23.(금) PM 10시

기도

싱그러운 아침햇살
상쾌해지는 마음
포근한 이불 속 박차고
삶의 현장 속으로
달려가는 토요일 아침
무언가를 할 수 있고
새로운 분야에 도전을 하기에
땀의 가치를 느낄 수 있으며
무엇보다
사랑하는 가족을 위해
책임을 다할 수 있음에
무한 감사 속에
높고 높은 하늘에
깊은 감사의 기도를

2019.8.24.(토) AM 7시 50분

월요일 찬가

새색시 사뿐한 걸음걸이
포근 뽀송한 솜이불 촉감
풍성한 수확을 재촉하는 가을비

싱그러운 하루의 시작일까?

따스한 국물 속 샤브샤브의 향기
덤으로 느껴보는 어묵의 참맛
황제 같은 점심 배꼽시계의 행복

저녁 땅거미 드리울 무렵
바삭 쫀득 고소한 탕수육
친구 따라온 탱글탱글 군만두
얼큰 시원한 짬뽕 국물 환상 조합
먹는 즐거움 속에 행복한 미소

퇴근길 나만의 공간 속
못다 핀 꽃 한 송이 노래 한가락
오늘 따라 술술 넘어가니
웃음꽃이 노래를 먹는다

2019.9.2.(월) PM 10시 20분

아침 풍경 3

비가 내리는 화요일
푸르른 들녘에 찾아오는 활력
저절로 나오는 콧노래

아침 출근길 라이브 노래를?

나만의 공간 차량 안
용기 내어 물망초 라이브 노래
음치 탈출의 몸부림 속
피어나는 웃음꽃

일면식도 없는 누군가에게
노래도 하고 자랑도 하며
세상 살아가는 이야기 나눔

지천명을 바라보는 이 시점
가진 것 없어도 행복해지는 것은
아마도 가슴 따스한 누군가와 함께
행복 아침을 먹기 때문이다

2019.9.3.(화) AM 9시

설렘 3

자욱한 안개
흐릿한 날씨 깊은 산속
옹달샘 같은 휴식의 공간

싱그러운 마음의 노래 소리?

매월 초 잠시 쉬어가는
소박함 분주함 바쁜 일상 속
잠시나마 느껴지는
고속도로 쉼터의 여유

변함없는 흔들의자
묵묵히 자리를 지키며
나그네 여행길에
행복을 선물한다

2019.9.5.(목) AM 7시 10분

금요일 3

싱그러운 아침
은은한 구름의 행진
설레는 하루의 시작

특별한 계획도
지인들과 약속도 없지만
가슴은 두근두근
마음은 콩닥콩닥

어젯밤 기분 좋게 마신 한잔의 술
대자연의 향기를 맡으니
알코올 숙취는 바람결에 줄행랑

오늘이라는 시간
지금이라는 현재
내일이라는 희망
감사의 기도를

2019.9.6.(금) AM 7시 50분

일요일 향기 1

요란했던 폭풍전야
찾아온 고요한 평화
느껴지는 여유로운 아침

평소와 다른 일상의 매력은?

포근한 이불 속 꿈나라 여행
치열한 삶의 현장 속 열정
취미 동호회 모임의 여유

푸르른 들녘에도
긴장감이 해소되어서인지
춤추는 듯 싱그러운 활력소

서로 제각각 다른 아름다운 삶
소중한 의미를 가슴에 품어서인지
행복 꽃향기 노래를 한다

2019.9.8.(일) AM 8시

아침 풍경 4

잔뜩 흐린 하늘 속
회색 구름 흰 구름 두둥실
간혹 비취는 햇살의 기운

푸르른 자연 속 들녘
오곡백과가 익어가고
정겨운 새들의 합창 소리

새로운 한 주일 시작
받아들일 수 있는 마음의 여유
감사하는 삶의 자세

산야초의 향기는
지친 심신의 활력소
참된 친구를 먹는다

2019.9.9.(월) AM 8시 40분

선물

세상 살아가면서
여러 사람들과 맺는 인과관계

보름달이 휘영청 밝아올 때면
더욱이 평소에 감사하고
고마웠던 님을 찾아 뵙는 마음

뭘 이런 걸 다
한 말씀 속에 묻어나는 기쁨

항상 감사합니다
한 말씀 속에 묻어나는 고마움

작지만 정성 어린 마음
전해 드렸는데
요즘 귀한 몸값 달달하고
노오란 참외 한 박스 뜻밖의 선물

오고 가는 마음의 향기
풍성하고 넉넉한 삶의 축제
한가위 행복의 미소가

2019.9.10.(화) PM 6시 30분

한가위

높고 푸르른 하늘
솜털 뭉게구름 수를 놓고
벼이삭은 자꾸만 인사를 하네

오곡백과 풍성해서인지
오색찬란한 반찬들의 행진
없던 입맛도 생기를 찾네

보글보글 구수한 순두부
새우 조개 힘을 합하니
즐거운 점심시간이로세

야들야들 두부 부침개
신선한 야채와 짝을 이루니
고소 담백한 맛의 최고일세

오후의 시간이 도래하니
어두운 그림자의 출현
한바탕 소나기를 만들려나

시간은 흐르고 흘러가니
세상만사 모든 근심 걱정
행복 미소 춤추는 그날을 위해

2019.9.11.(목) PM 2시 50분

친구 1

가을밤 깊어지며
청아한 귀뚜라미 소리
그냥 꿈나라 여행은
아쉬움 물결의 파도
휘영청 밝은 달은
토끼 녀석들
절구방아 찧으며
보름달을 향해가고
정겹고 다정스럽네

중년이라는
시간의 공감각적 허상
아직까지 꽃순이를 그리며
가슴 한편 남아 있는 순정
현실을 직시하면
사라져 버리는 이상

가을의 향기 속
희노애락을 느끼는
그 자체에 무한감사 속
술술 넘어가는 노오란 마법 같은 녀석
달콤 짭조름한 추억의 녀석
폭신 담백한 식감 맛있는 녀석
너희들이 오늘밤은
진정한 우정의 꽃이

2019.9.11.(수) PM 10시 20분

친구 2

하루가 어떻게
지나갔는지
모처럼 기나긴 꿈나라 여행
눈을 뜨니
어두운 저녁 그림자
풍성한 계절
즐거움 속에
밀려오는 고향의 향수

세상만사
다 그러하듯이
희노애락의 연속
고향이 아닌
집에서 홀로
보내야 하는
안타까운 현실의 시간

가슴 한편 쓸쓸함을
시원 쌉싸름한 흑맥주 녀석
쫄깃쫄깃 씹는 맛의 일품 오징어 녀석
바삭 짭조름한 땅콩 녀석
아삭달콤한 노오란 참외 녀석
오늘 밤은 이 녀석들이 진정한
친구이자 우정의 꽃이

2019.9.12.(목) PM 10시 50분

친구 3

둥글둥글
탐스러운 동그라미
은은한 달님 향기
온 세상을 비춰니
많은 사람들의 소원
들어주려나

어두운 적막감
화려한 네온사인 불빛
아름답게 빛나니
가을밤 향연

어디선가 들리는
청아하고 간결한
귀뚜라미 우는 소리에
잠 못 드는 이 밤

시간 가는 줄 모르는 바보상자 텔레비전
쌉싸름하며 양약고구의 백미 홍삼
손바닥만 한 디지털 소통 대명사 핸드폰
오늘 밤은 이 녀석들이
친구 우정의 꽃이

2019.9.13.(금) PM 10시 30분

가을

푸른 비단길
새하얀 솜사탕
바람결도 산들산들
터질 듯한 꽃봉오리
산들바람에
피어나는
아름다운 꽃

풍성하고
싱그러운 오후 햇살
찾아오는 나른함
벼 이삭도 흔들흔들
고개 숙여 인사하네

새롭게 시작하는 한 주일
가을 해님도
바람타고 저 멀리서
날아오니
행복의 미소 춤춘다

2019.9.16.(월) PM 4시 50분

소풍

하늘은 높고 푸르며
바람은 산들산들
여름 보내기가 아쉬운
매미들의 합창 소리

시냇물은 흐르고
코스모스 향기 가득
맛난 도시락 가슴에 품고
떠나는 귀여운 일탈

망중한 속에
물아일체의 삶
조촐한 밥상에 꽃향기
세상 살아가는 행복

그리운 님
오신다더니 오늘도
무심한 바람만 분다

2019.9.17.(화) PM 1시 10분

감사 2

새로운 아침
밝아오는 태양
푸르른 들녘의 향기
새들은 쉴 새 없이
오르락내리락

하루의 일상
특별한 나날이 아닌
평온하게 시작된 하루

물 흐르듯이
구름 달 가듯이
세상살이 유유자적

상쾌한 아침을 맞이하고
살아 숨 쉬고 있기에
옹달샘 깊은 숲속에서
아름다운 행복을 먹는다

2019.9.18.(수) AM 9시

그리움 3

하염없이 내리는 눈물
태풍이라는 이유로
하루 종일 흘러내리는
하늘의 눈물인가?

휴일도 잊은 채
중년의 나이를 대신하며
자율을 선택하며
사무실로 향한다

태어나면 어디론가
가야 하는 머나먼 그곳
과연 어떠한 곳일까?

비가 내리는 토요일
주어진 일에 최선을 다하고
정신없이 달려 보았지만
이렇게 공허하고
허전한 마음은 뭘까요?

잊으려 지우려
소주 한잔 맥주 한잔 속에
더욱더 커져만 가는 마음
눈물이 노래를 한다

2019.9.21.(토) PM 10시 30분

열정

한없이
잠시도
쉼도 없이
내린다

일요일
토요일
휴일도 없이
내린다

밤에도
새벽에도
찬란한 아침이 와도
내린다

한결같은 마음
끊임없는 속삭임
불타오르는 빗줄기
조금이나 함께하고자
삶의 터전에서 노래를

2019.9.22.(일) AM 11시 30분

기다림의 미학

한없이 내리는 물줄기
미안함도
부끄러움도
창피함도 없이
내린다

오곡백과
풍성함 속에
시샘을 하는
물줄기라 더욱
얄밉다

빗소리 장단 삼고
무사태평 노래하며
치맥의 향기 속에
비오는 수요일 밤
장밋빛 노래를 한다

2019.10.2.(수) PM 7시 30분

금요일 4

고요한 아침
평온해진 들녘
푸른빛 하늘 속 두둥실
흰 구름은 흘러간다
어떠한 아픔도
행복한 기쁨도
가슴 아픈 상처도
오늘이라는 감사 속에
내일이라는 희망을
가슴속에 그리며
역사는 흘러간다

2019.10.4.(금) AM 9시 20분

묘약

모처럼 토요일의 여유
쉬어가는 휴식 속에
느껴지는 일상의 행복
왠지 모를 허전함
밀려오는 고독
가슴이 저미는 사연
기쁨이 넘치는 순간
희노애락의 연속이
인생이었던가?

뜨거운 해님이
잠시 외출한 틈을 타서
캬 소리 절로 나는 소주
시원함의 대명사 맥주
혼연일체의 만남 속
이것이 진정
대낮의 파라다이스인가?

어떠한 시간도 장소도
중요하지 않지만
따뜻한 말 한마디
진심 어린 격려
진심 어린 나눔
진심 어린 이해
진정으로 함께할
그 누군가를 만나고 싶다

2019.10.5.(토) PM 3시 30분

가을

일요일의 여유
흥거움 속 뒷동산 산행
푸르른 잎새
나뭇가지 사이로
해님은 구름 속
낮잠을 주무시네

청명한 날씨도 아니고
가을하늘이 높지도 않으나
싱그러움이 넘친다

벤치에 누워
가만히 눈을 감으니
세상 모든 파도의 물결
고요한 호수가 된다

2019.10.6.(일) PM 2시 30분

별미 1

기름기 윤기 나는 볶음밥
각종 야채와 양념
입맛 다시는 맛
오늘은 해삼 전복 새우
어우러져 너무 맛있는
향기가 춤을 춘다

행여나 기름기 윤기에
느끼할까 봐
짭조름한 짜장 소스
미각을 살리고
시원 얼큰 짬뽕 국물
속이 후련해진다

한 주일의 시작 월요일
삼선볶음밥의 향기에
새로운 에너지
웃음꽃이 노래를 한다

2019.10.7.(월) PM 12시 40분

새로운 도전과 향기

칭찬

상쾌한 아침
쌀쌀한 기운이지만
어젯밤 유흥으로
미소가 번진다
머리는 띵하고
속은 쓰리지만
기분은 좋아진다

머리는 희끗희끗
배불뚝이 중년
반백 살을 살아도
따스한 격려
잘하고 있다는
마법 같은 말 한마디
진실이든 아니든
행복 미소 꽃이 핀다

고래를 춤추게 한다는
깊은 뜻을 되새기고
가을 들녘 고개 숙인
벼이삭을 보며
평소보다 일찍
아침 대문을 활짝 열고
오늘도 희망을 노래한다

2019.10.8.(화) AM 7시 30분

여유 4

하루가 저물고
해님도 식어가는
오후의 풍경
땅거미 깊게 드리우면
조금씩 설레는 마음
한 주일의 마무리
금요일의 저녁
쉬어 가라고
가슴이 콩닥콩닥
부드럽고 달콤한
돼지갈비에 소주 한잔
곁들인다면
금상첨화
생각만으로도
웃음꽃이 노래한다

2019.10.11.(금) PM 5시 10분

금요일 밤의 향기

여유로운 밤
유난히 빛나는
오색찬란한 불빛들의
축제가 시작되는
마음의 설렘

시원한 맥주
바삭달콤한 치킨
쓰디쓴 소주
얼큰한 김치찌개
달콤한 한잔의 유혹
생각나는 시간

오늘은 차분한 만남
새로운 경험의 시간
맑은 정신과 육체
필요한 정보 수집 노트북 검색
새로운 인터넷의 바다를
헤엄치며 노래한다

2019.10.11.(금) PM 10시 20분

여유 5

싱그러운 햇살
깊어가는 가을
익어가는 들녘
토요일의 향기는
잔잔한 호수요
삶의 휴식처

업무로의 시작
즐거운 마음
즐기고자 하니
정겨운 새소리는
아름다운 합창이 되고
상쾌해지는 기분

풍성하고
넉넉한 계절
태평가를
노래하며
행복을 먹는다

2019.10.12.(토) AM 8시 10분

여유 6

토요일 아침부터
맑은 공기 마시며
황금 들녘 친구 삼아
땀으로
열정으로

주어진 역할을
다하고 나니
뿌듯해지는 가슴
흥거운 가락을
맞이하는 시간

시원한 맥주 한잔
한 잔 술에
달달하고 아삭한 참외
두 잔 술에
쫀득쫀득 소시지
세 잔 술에
바삭바삭한 벌집 과자
친구가 된다

저물어 가는
하루해를 보며
보다 나은 내일의
행복의 꽃을

2019.10.12.(토) PM 4시 30분

일요일 1

하늘은 높고
푸르른 바닷속을
흰 구름 뭉게구름
두둥실 춤을 추네

산들산들 불어오는
바람 속에 찾아드는
마음의 여유
뒷동산으로 몸을
맡긴다

들숨 날숨 호흡 속에
살아 있음을 느끼고
등줄기 흐르는 땀줄기
따스한 온정을 느끼며
곳곳에 피어 있는 꽃들은
아름다운 생명의 결정체
보석이 된다

뒷동산 정상에서
지난 한 주일을 되돌아보고
다가오는 한 주일
희망 차고 행복한 시간
새로운 마음가짐을

2019.10.13.(일) AM 11시

수확의 의미

자욱한 안갯속
고요함 속에
평화로운 아침
요란한 기계음 콤바인 소리
활기 넘치는 생동감

따스한 봄날
씨를 뿌리고
뜨거운 여름
모진 풍파를 견디고
위풍당당 속 고개 숙인
겸손했던 녀석

이제는 아낌없이
내어주고 새로운 모습으로
가지런히 눕는다

진정한 겸손
또 다른 나눔을 선물하고
따스한 미소 짓는다

황량해진 벌판에
싱그러운 생명이 자라나는
다음 해 봄을 기다리며

2019.10.16.(수) AM 9시 20분

오후

수채화 그림 속
흰 구름들의 행진
오후의 바람이
서늘해진다

따사로운 햇살도
구름 뒤편으로
서두르는 퇴근길

불어오는 꽃향기 따라
두둥실 두둥실
조용히 눈을 감고서
몸을 맡기고 싶다

2019.10.17.(목) PM 5시

금요일 5

쌀쌀한 바람 속
옷깃을 여미고
잔뜩 흐린 하늘
무언가를
선물하려 한다

가을걷이 들녘
수확의 기쁨
또 다른 준비를 하며
새로움을 준비한다

비가 오면
옷이 젖어 들고
해가 뜨면
젖은 옷이 마르듯이
세상살이 물레방아
추억 속에 미소 짓는다

2019.10.18.(금) AM 8시 30분

일요일 향기 2

불어오는
바람마저
여유롭고
잔잔한 호수의
품 속 같은 오후

푸르른 하늘은
싱그러운 그 자체
아름다운 향기
뒷마당에 핀 꽃들은
가을 향기 전해준다

아름답고 편안한
행복한 향기는
가을의 전령사 되어
가슴속 사랑의 편지를 먹는다

2019.10.20.(일) PM 5시 20분

월요일 2

새로운 한 주일
희미한 안갯속을
태양빛이 대신하니
활기가 넘친다

새롭게 시작하는 하루
스스로에게 파이팅 하자는
마법의 주문을 걸어본다

밝은 빛이
온 세상을 비추듯이
가슴마다 따스한 사랑이

2019.10.21.(월) AM 7시 50분

토요일 1

옷깃을 여미는
바람도 좋다
아침 일찍 눈을 뜨고
일을 해도 좋다

차가운 바람
겨울이 온다 할지라도
어디선가
새로운
생명들이
용솟음친다

차가운 겨울
빠알간 자태 뽐내며
달콤새콤한 맛을
전하기 위한 딸기 모종
오늘도
기다림의 미학 속
꿈을 꾼다

아름답고
행복한 꿈은
오늘 밤이 있어
더욱 의미 있고
설레는
솜사탕 같다

2019.10.26.(토) PM 8시

일요일 2

새벽공기를
헤엄치며
꿈나라 여행을
마친다

가을의 아침은
선선함을 떠나
오늘 아침은
쌀쌀하다

푸르른 들녘은
울긋불긋 단풍 옷을
입으려 하고
시냇가에서는
수증기 축제를 한다

아름다고 찬란하게
떠오르는 태양을
보면서
또 다른 행복의 꿈이
자란다

2019.10.27.(일) AM 6시 50분

월요일 3

새로운 한 주일
월초 영업 회의로
시작되는 아침

변함없이 쉬어가는
나그네들의 안식처
고속도로 휴게소와의 만남

진한 소고기 국밥으로
허전함을 달래며
활기차게 시작하는
마음으로 노래를 한다

2019.11.4.(월) AM 7시 10분

일요일 밤 향기

차가운 바람소리
겨울의 서막을 알리고
마음마저 차갑다

하루 종일 무상념
심신의 휴식을 취했건만
가슴 한편 외로움이 자란다

내일의 태양이
그렇게 달갑지만은 않지만
받아들이고 수용할 때
지금의 행복은 달콤해진다

삼복더위의 무더위가
그리워지는 겨울밤
누군가를 그리워할 수 있어
진정한 사랑의 행복을 먹는다

2019.12.8.(일) PM 11시 30분

토요일 2

매년 되풀이되는
후회와 반성
무엇이 그리 바쁜 일상이었는지
어젯밤부터 금식을 하고
이른 아침 바삐 치른 건강검진

높은 혈압
건강한 시력
깨끗한 위내시경
느껴지는 건강의 중요성

허겁지겁 허기진 배를
어루만지며 내년에는
빠른 건강검진을 다짐하며
흘러가는 오후의 시간

문득 정다운 지인으로부터
바다 향기 가득한 해산물을
선물 받고 소주 한잔 맥주 한잔
어우러지니 흘러나오는 콧노래

오늘을 감사하며
내일을 기다리며
희망 속 행복을 노래한다

2019.12.21.(토) PM 6시

일요일 3

얼마 남지 않은
한 해가 저물어 가고
시간은 자꾸만 흘러간다

열심히는 살아온 거 같은데
뒤돌아보면 밀려오는
공허함이 파도를 친다

허전함 속의 공허함
공허함 속의 외로움
잠시나마 잊어버리고자
삶의 터전 사무실에서
일요일 향기를 태운다

2019.12.22.(일) AM 9시 20분

일요일 향기 3

일 년 중 밤이 가장 길고
낮이 가장 짧다는 오늘
동짓날의 팥죽 향기가 난다

어디서 나는 향기일까?

예전 어린 시절
따스한 어머니의 사랑
정성이 가득 담긴
팥죽 한 그릇의 행복 추억

그때는 알지 못했던 마음
헤아릴 수 없었던 사랑
세월이 흐르고 중년이 되니
조금씩 세상을 헤엄친다

추억 속의 따스한 행복은
희망의 날개를 달고
기나긴 겨울밤의 등대가 된다

2019.12.22.(일) PM 10시 40분

지각

동지 섣달 기나긴 밤
아직도 어두운 적막 속에
깨어나지를 못한다

어제 팥죽을 너무 많이
먹어서인지
싱그러운 아침햇살과
교대 신고도 늦어진다

물레방아 같은 세상살이
조금은 더 쉬어 가라고
밤의 적막 속에 가슴 따스한
배려와 사랑 속에
행복을 먹는다

2019.12.23.(월) AM 7시 30분

특별식

어김없이 찾아오는
배꼽시계의 아우성
즐겁고 행복한 고민

오늘은 뭘 먹을까?

식사보다는 간식으로
생각해 왔던 요 녀석
새로운 맛의 향연 속에
신통방통해진다

한입 물었더니
쭈욱 늘어나는 하얀 치즈
고구마 불고기 콘 스낵 혼연일체
맛 자랑 솜씨 자랑에
어울림의 피자 사랑 합창곡이

2019.12.23.(월) PM 12시 40분

맛있는 추억

후루룩
쫄깃한 하얀 면발
각종 야채와 검붉은 짜장 소스
혼연일체가 된다

후루룩 후루룩
언제 어디서나 맛있는 소리
입가에 검은 발자취 남기며
미소를 먹는다

후루룩 후루룩 후루룩
어린 시절 그렇게 맛나던 녀석
오늘도 변함없이 한 그릇에
담긴 추억을

2019.12.24.(화) PM 12시 30분

설렘 4

즐거운 캐럴 송이 울리고
왠지 모를 즐거움이
가득한 크리스마스 전야제
특별한 약속이 없어도
맛있는 음식이 없어도
콧노래가 절로 난다

왜일까?

장롱 깊은 곳에 크리스마스 장식품
긴 휴가를 지내던 녀석을
흔들어 깨워본다

이것저것 챙기고
요것저것 담아보고
비워 있던 공간을
살림살이로 가득 채우니
이제야 찾아가는 제 모습
내일을 기다리며

2019.12.24.(화) PM 11시 10분

설렘 5

온 세상이 축복 받은 오늘
푸르른 창공 사이로
형형색색 무지개가
요란한 몸부림치며 인천공항 활주로를
오르락내리락한다

은빛 날개
푸르른 날개
짙은 회색의 날개
저마다 꿈을 가지고
높은 이상을 향해 날아간다

새로운 감회가 느껴지는 건 왜일까?

이팔청춘 혈기왕성한 군대 시절
혹독한 지상훈련을 받은 후
처음 만나본 무지개 군용기 공수훈련
짜릿하고 용감했었다

아름다운 신혼의 꿈을 찾아
따스한 남쪽 지방으로 떠났던
무지개 속의 아름다웠던 추억

오늘은 예전 추억을 되새기며
올 한 해 땀과 열정을 쏟은
나 자신에게 감사의 마음을 전한다

즐겁고 기쁜 마음속에
보금자리에 있는
여우와 토끼 생각에
내면 깊은 곳 옹달샘에
파도가 친다

회사 차원 포상 해외여행
크리스마스에 나 홀로 떠나서인지
내면 파도 속에
자꾸만 하염없이
뜨거운 눈물이

2019.12.25.(수) PM 2시 30분

Part 3

2020년,
시집 출판 도전

아침 풍경 5

어슴푸레 밝아오는
하루의 시작은
소리 없이 내리는
겨울비와 함께한다

차창 밖 흐르는 빗줄기
묵은 때를 연신 닦아내고
깨끗한 시야 확보를 위해
쉴 새 없이 움직이는 와이퍼
안전운전 잠시 쉬어 가라는
빨간 신호등에 주위를 살핀다

안개 낀 시골 들녘의 빗줄기
따스한 봄날을 기다리며
인고의 시간을 보내는
많은 생명들 기다림의 삶에
달콤한 희망 활력소를

2020.1.7.(화) AM 7시 50분

행복 점심

겨울비 내리는 화요일
평소와 다른 배꼽시계
맛의 여행을 떠난다

모처럼 허리띠
자유를 허락하고
지글지글 야들야들
맛있는 소리에
미소 짓는다

맛의 향연
배부름의 여유 고기 뷔페
마음마저 너그러워지고
세상 모든 것이 아름답다

착한 가격에
신용카드 긁는 소리마저
미소 지으니 웃음꽃 활짝
행복의 물결이

2020.1.7.(화) PM 1시

추억의 맛

촉촉한 겉모양
한입 물어보면
하얀 속살 자태 뽐내며
달콤하고 달달한 검은 팥 앙금
입가에 춤을 춘다

한 모금 넘길 무렵
새하얀 빛깔 단팥빵
고소하며 담백한
물줄기가 길을 뚫어준다

시간은 흘러
세상살이 변해도
따뜻한 가슴속 느낌
머릿속 추억은 변함이

2020.1.10.(금) PM 1시

친구 4

높고 파란 하늘
밝은 태양의 뜨거운 열정
시원하게 불어오는 바람
느껴지는 마음의 여유 속
가슴 한편 추억에 잠긴다

어떠한 희로애락도 함께하며
인생의 파도를 헤쳐 나가자
약속했던 초등학교 동창 녀석들

지금은

하늘의 이치를 알아간다는
세월을 맞이하였건만
세상살이 바쁜 일상의 무게로
무심한 우정의 꽃이 핀다

순수했던 동심의 추억
아름답고 행복했던 시간들
조금 더 세상 살아가는
이치를 알아갈 때 즈음
마음 터놓고 이야기 나눌 수 있는
님을 기다리며

2020.1.11.(토) AM 11시

터널

석양의 그림자 드리우고
서늘하게 불어오는 겨울바람 속
기분 좋은 퇴근길
자그마한 굴레 속으로
몸을 맡긴다

스윽스윽 스으윽
우웅 우우웅 슥싹슥싹
연신 내리는 물줄기 속
쉼 없는 대형 걸레질에
잠시 눈을 감는다

조금씩 밝아오는 빛줄기
기분 좋은 미소가 가득해지고
항상 열심히 수족이 되어주는
애마도 멋진 백마로 새롭게
태어나서 미소를

2020.1.11.(토) PM 4시 30분

야식

겨울밤 차가운 기운
왠지 모를 허전함
조용하게 지내려고
다짐을 했건만
변함없이 이어지는
한밤중 향연
시원한 맥주 한 모금
가슴까지 시원해지고
바삭 아삭 간장치킨에
흐뭇한 미소 짓고
토요일 밤 깊어가는
아름다운 추억은
세상 살아가는
즐거움이 아닐까?

2020.1.11.(토) PM 11시

일요일 향기 4

밝은 햇살
조금은 쌀쌀한 바람
평소보다 여유로운 아침
간단한 조식을 하고
뒷동산으로 발길을 돌린다

발걸음 나아갈 때마다
들숨 날숨 춤을 추고
등줄기 흐르는 땀방울
겨울이 아닌 여름이 된다

높지 않은 산 정상
기분마저 상쾌해지고
주머니 속 노오란 귤 삼형제
수고했다며 비타민 향기를
선물해준다

2020.1.12.(일) AM 11시 30분

봄

향기가 난다
엄동설한 겨울을
인내하는 마음으로
따스한 타조표 비닐하우스
하얀 비닐 옷을 입고
푸르른 잎사귀
노오란 꽃망울
노르스름한 열매
싱그러운 자태 속에
노래하는 합창곡 내음새

어떠한 역경과 시련도
부딪쳐 이겨 내라는
합창곡을 들으며
새콤달콤한 노오란 참외
그 녀석이 나올 때 즈음
우리의 가슴에도
따스한 햇살이

2020.1.13.(월) AM 11시

깨달음

그때는 몰랐다
아침에 등교하고
오후에 하교하는 즐거움을

때로는
야간 자율 학습 뒤로하고
마음껏 뛰어 다니며
친구들과 운동했던
그 시절

마냥 공부가 싫어 하루빨리
어른이 되고팠던 철부지 생각

중년의 반백 살이 되고 나니
이제야 알아간다
그 시절이 정말
아름답고 행복했다는

2020.1.14.(화) AM 9시

절개

싱그러운 소나무
푸르른 그 자태
숙연하고
엄숙해지는 마음
어떠한 시련도
어떠한 역경도
온몸으로
맞서 싸우는 모습
흔들리지 않는 의지
오늘을 살아가는
세상 사람들이
삶의 이정표에
많은 걸 배우고
느끼며

2020.1.15.(수) AM 8시 40분

오아시스

어디론가
바쁜 행보를
이어가는 나그네들
종종걸음을
재촉하며
해우소에서 시원함을
누린다

허기진 배를
따스한 음식으로
다스리니 미소 짓고
한 손에 모락모락 피어나는
커피 향기 정겹다

먹을거리
입을 거리
만물 잡화상까지
웬만한 건 구비되어
있는 고속도로 나그네 쉼터
바쁜 여정에
꿀물 같은 하루를

2020.1.16.(목) AM 8시 50분

녹색 보약

출근길
건네 받은 물병
연둣빛깔
녹색빛깔
중간쯤 되는 물병을
건네 받는다

도대체 뭘까?

최근 사소한 부부 싸움 말다툼
서먹서먹한 사이인지라
물어보기가 어색하다

출근과 동시
호기심 가득 안고
한 모금 들이키자
혀끝에서 감도는 쌉싸름한 맛
목 넘김에는 부드럽고
가슴으로는 뜨거운
태양의 열정이 춤춘다

2020.1.17.(금) AM 9시 30분

일요일 향기 5

흐릿한 시야
사늘한 바람
따스한 햇살
휴일의 여유
어우러지고
하나 되니
세상살이 근심 걱정
잠시
내려놓는다

빈부의 격차
문명의 혜택
잘난 이도
못난 이도
자연이라는 삶 속에
물아일체되니
진정
비움의 행복이

2020.1.19.(일) PM 2시 50분

지각

달콤한 꿈나라 여행
너무나 깊이
빠져 버렸다

아뿔싸

평소보다
한 시간 늦은 기상
허둥지둥 헐레벌떡
시간을 가르는
슈퍼맨이 된다

한 주일을 시작하는
월요일 아침을
시끌벅적 요란하게
시작하는 것도
세상 살아가는 또 다른
추억이

2020.1.20.(월) AM 9시 50분

퇴근길

어두운 그림자
서늘한 저녁 바람
세상을 뒤덮을 때
화려한 네온사인
저마다 불을 뿜는다

헤드라이트 불 밝히며
질주하는 자동차
꼬리에 꼬리를 물며
어디론가 바삐
질주를 한다

모두들 어디론가
향해 가고 있지만
주어진 또 다른 자율 학습 선택
목적지 없는 나그네는
보금자리 향기를
떠올리며

2020.1.20.(월) PM 6시 20분

희망 3

새로운 하루
아침 대문을
활짝 열고
미소를 먹는다
기쁨도
슬픔도
즐거움도
괴로움도
찬란하게 떠오르는
태양의 열정 속에
하나 되어
정화되니
가슴 뭉클한
행복 에너지가
샘솟는다

2020.1.21.(화) AM 8시 30분

행복한 향기

겨울바람에
정처 없이
어디론가 떠나는
나그네가 된다

푸르름은 싱그럽고
파도소리는 청아하며
갈매기는 보이지 않지만
넓은 수평선은 마음의
안식처가 된다

저 멀리 동쪽 바다에서
들려오는 내음새는
따스한 꽃 향기 속
설렘을 선물한다

2020.1.21.(화) PM 12시

고향

언제나 반겨주는
마음의 안식처
포근한 솜이불의
따스한 온기
함께라서 느끼는
가족의 의미
아무것도 없어도
자랑거리도 없지만
반갑게 맞아주는 향기

떡국 한 그릇 속
생각의 깊이는
깊어지고
변함없는 세배를
올릴 수 있음에
파도처럼 밀려오는
감사의 눈물

연휴의 달콤함을
가슴에 묻고
새로운 일상의
항해를 위해
따스한 봄 노래를
먹는다

2020.1.26.(일) PM 8시

볶음밥 합창

보슬보슬
내리는 겨울비
명절 연휴의 추억 속에
이제야
단꿈을 깬다
아침으로는 늦고
점심으로는 이른 시간

무얼 먹을까?

냉장고 속
오랜 시간 자리 지켜 온
녀석들이 총출동한다

푸르른 시금치
쫄깃쫄깃 맛있는 잡채
약간 새콤한 김치
어묵 맛살 당근
저마다 한때는
잘나가던 대표 메뉴
서로 잘난 체하다가
오늘은 프라이팬 공간 속에
한마음 한뜻으로
어우러진다

향긋한 내음새 속
고소한 참기름으로
화장을 하고 나니
환상적인 맛에
스르르 눈이 감기고
연신 행복을
노래한다

2020.1.27.(월) AM 11시

행복한 소리

보슬보슬
내리는 겨울비는
오후 내내 쉼 없이
주적주적 내리고
왠지 허전한 마음
달래고자
불을 당긴다

쏴악 소리에
스트레스 날아가고
찌글 짜글 찌글 짜글
요란한 아우성에
군침이 돈다

정체불명의 부침개 한 접시
농주 한 모금 들이키니
심신의 피로는
눈 녹듯 녹아 내리고
오후의 시간이
행복해지는
희망의 여행을

2020.1.27.(월) PM 3시

일상 4

명절 연휴의 즐거움
아쉬움을 추억이라는
시간 속에 묻는다
새롭게 시작된
변함없는 하루
깊은 심호흡 속에
새로운 의지를
되새긴다
들숨에 희망과 꿈
날숨에 행복을

2020.1.28.(화) AM 10시

콩닥콩닥

세월의 흐름 속에
많은 변화를
부딪치며 살아가는 삶
언제부터인지
늘어진 뱃살
비만이라는
친구가 생겼다

추가 건강검진이라는
달갑지 않은 편지에
방문한 이곳
혹시나 하는 생각
가슴이 두근두근
엄습해오는 긴장감
이런저런 반성 속
결의를 다짐한다

건강한 운동
건강한 식단
건강한 생각
건강의 소중함
비만이와는 이별하고
건강이와 제일 친한
친구 하기로

2020.1.31.(금) AM 8시 50분

만남 1

도시의 네온사인
하나둘
기지개를 켜고
어두움을 환한 빛으로
설렘을 선물한다
우연히 알게 된
동갑내기 친구들
소주 한잔 기울이고자
도착한 모임 장소
세상 살아가는 이야기
꽃피우며
토닥토닥
옹기종기
꽃보다 아름다운
우정을 노래하기를

2020.2.1.(토) PM 6시 50분

월요일 4

어두움이 가시지 않은
아침은 스산한 느낌에
몸을 웅크리게 하고
오늘은 평소와 달리
기차에 몸을 싣는다
업무차 가는 일정이지만
예전 기차여행의 추억
덜컹덜컹 시끌벅적
사이다 김밥 삶은 계란
떠올리며 미소 짓는다
새로운 한 주일
세상 모든 사람들이
행복하기를

2020.2.3.(월) AM 7시

기다림 3

따스한 햇살 속
꽃피는 봄날의 여정이
길고도 험난하다
당연히 찾아오는
계절의 변화 속에
뜻하지 않은 가슴앓이

지난날
마음껏 자유스럽게
행동할 수 있었음이
얼마나 고마운
시간이었는지
진정 감사의 행복이
그리워진다

일요일의 부담스러운 여유
뒷동산 향기에
잠시나마
모든 상념 묻어본다

두루치기 반찬에 힘을 내고
컵라면 한 그릇 소박함에도
느껴지는 감사함
진정 모두가 하나 되어
축배를 들 수 있는
그날을 노래한다

2020.2.23.(일) PM 1시

보양식

어수선한 일상
입맛도 떨어지고
점심시간 배꼽시계
고민을 한다

정처 없는 발걸음
발길이 머무는 곳
허리띠를 풀어본다

오랜만에 만난 별미 음식 염소 불고기
젓가락이 분주하게 움직이고
반주 한 잔이 환상조합
장단을 맞춘다

잠시나마
행복 미소 지으며
희망을 먹었다

2020.2.24.(월) PM 1시 40분

상처

어디서부터
무엇을
어떻게
해야 하나?

드라마
소설
영화 속
이야기 같은 현실

누구를
어떠한 상황도
탓하지 말자고
마음의 위안을
삼으려 한다

어려움을 극복하고
힘든 상황을 함께하여
다 함께 어우러진
봄날 같은 꽃향기를
기다리며

2020.2.26.(수) PM 8시

향기 3

어수선한 일상
기분도 우울하고
무기력해지는 삶

종종걸음 뚜벅뚜벅
살아가야 하기에
나서야만 하는
치열한 삶의 현장

어디선가
노오란 행복이
미소를 손짓한다

노란 희망 미소
옷을 벗으면
새하얀 자태 참외
아삭아삭 달콤한
행복 속에 잠시나마
꿈을 먹었다

2020.2.27.(목) PM 7시

금요일 6

어떻게
흘러왔는지
정신없이
숨죽이며
보냈다

벌써 이월의
끝자락

먹고 살아야 하기에
앞뒤 안 보고
달려왔다

오늘만큼은
한시름 놓고
허리끈 풀며
황제의 점심을
노래한다

살살 녹는 소고기
선홍빛 덩어리 속에
세상 모든 시름
녹여져서
꽃피는 봄날을
마음껏
소리치고 싶다

2020.2.28.(금) PM 2시 30분

토요일 3

짙은 구름 속
해님은 깊은 잠
꿈나라와 친구가 된다

따스한 햇살
꽃향기를 기다리는
간절한 마음
애처로워진다

요란하게 돌아가는
온풍기 따스한 바람이
지친 심신을 어루만진다

촉촉한 대지에
푸르른 녹색 생명들이
기지개를 시작했으니
그날이

2020.2.29.(토) AM 10시 20분

불변

후루룩
입속에서 요동친다

후루룩 후루룩
가슴에서 기뻐한다

후루룩 후루룩 쩝쩝
아랫배에서 춤을 춘다

어린 시절이나
중년을 맞이한 지금이나
후루룩 자장면 소리에
행복한 추억을 만났다

2020.2.29.(토) PM 1시 30분

일요일 4

깊은 꿈나라
긴 여행을 마치고
이불 속을 나온다

어수선한 상황이라
평소보다 영양식으로
늦은 아침
이른 점심을 대신한다

맑은 국물은 시원함을
큼지막한 하얀 살코기는
허기진 배를 어루만진다

커피 한잔 손에 들고
창밖으로 눈을 돌리니
눈부신 햇살이 가득한데
봄 향기는 어디로 갔는지
흐르는 강물은 유유자적
아무런 대답이 없다

프리지아 꽃향기
가득한 그날을
기다리고 기다리는
간절한 소망을 담아
바람에 마음을 전해본다

2020.3.1.(일) AM 11시 30분

일요일 5

여유로운 일요일
오랜 숙면도 하고
백숙이라는 별미 음식
영양 보충을 하였다

하지만
가슴 답답한 파도가 밀려온다

즐겨보는 바보상자 텔레비전
유쾌하지 못한 노랫소리가
연이어 들려온다

알코올 향기에
잠시나마 몸을 맡기니
기분은 좋아지는데
가슴 한편으로
차디찬 얼음 냉기운이
치밀어 오는 것을 보니
진정 행복한 꽃향기는
언제쯤 오시려나

2020.3.1.(일) PM 3시 30분

자각

조촐하고 소박한
아침을 맞는다
참기름이랑 소고기
국간장 미역이 하나 되는
보양식 대명사

평소와 다른
국물이 등장하면서
살짝 고개를 갸우뚱

허겁지겁 허둥지둥
서두르는 출근길
사무실 달력을 보며
오늘이 음력 이월 십일 일
아뿔싸
아내의 생일
퇴근길에 케이크
사냥을

2020.3.5.(목) AM 8시

여유 7

따스해진 봄 햇살
조금은 차가운 바람
갈비탕 한 그릇으로
따스하게 배를 어루만지고
어수선한 세상살이
머리 아픈 사회 현실
흐르는 강물 속에
던지고 싶다

잔잔한 물결은
아무런 말이 없이
강물에 활력소가
되어 하나가 된다

불어오는 바람
새하얀 갈대는
바람결에 흔들흔들
세상 이치 달변한 듯
춤을 추며 미소 짓는다

2020.3.5.(목) PM 1시

정화

멀리서 바라보는 바다는
푸른 도화지 위의 은빛 물결
어머니 품속같이
평온함을 선물한다

가까이 다가선 바다는
처얼썩 철썩 요란한 천둥소리에
육체의 피곤함
정신의 고뇌를 날려 버린다

잠시나마
따스한 햇살 아래
푸르른 물결의 아름다움
자연의 합창곡이 선물하는
행복을 먹었다

2020.3.6.(금) AM 10시 30분

파도

푸르른 바다
새하얀 물결이
연신 춤을 추고
하얀 면사포를 입은
파도는 순박함이다
무엇 때문에
새하얀 거품을 내는 걸까?
일상에 지치고
힘든 세상살이
순백의 거품으로
묵은 때를 저 멀리
여행을 보낸다

2020.3.6.(금) PM 2시

금요일 7

평소와 달리
하루의 일과를
마무리하고
보리 향기 맥주에
빠져든다
아무런
느낌 없이
아무것도
바라지 않고
그냥
이 순간을
마셔 버린다
겨울이 가면
봄을
기다리는
마음

2020.4.10.(금) PM 5시 30분

행복 4

혹시나
하는 생각
막연한
기대감 속에
기분 좋아지는
하루하루
묻어났던 웃음

역시나
하는 아쉬움
나눔이라는
의미 속에
지난 한 주일의
추억을 먹는다

그래도
이번 주는
세 개의 번호가
함께하였기에
소박한 로또 복권 횡재는
또 다른
설렘으로 자란다

2020.4.11.(토) PM 9시 40분

일요일 6

보슬보슬
새색시 걸음걸음
살포시
내리는 이슬을
친구 삼아
오르는 뒷동산

가슴까지
차오르는 들숨날숨
등줄기에
흐르는 물줄기
묵은 때를 청소한다

산꼭대기 올라서니
잠시나마
모든 근심 걱정
지워지고
행복 꽃이
노래를 한다

2020.4.12.(일) AM 11시 50분

일요일 7

보슬비
내리는 아침
자연의 품속
뒷동산에서
근심 걱정 날리고
행복의 꽃 노래
선물을 받았다

허기진 배를
윤기 흐르는 부침개
한 조각으로
어루만져 본다

자연스럽게
친구가 되어 버린
농주 한잔의 의미

한 잔으로 지난주를 돌아보고
두 잔으로 다음 주를 기약하고
세 잔으로 마음의
태평가를 불러본다

2020.4.12.(일) PM 2시 10분

미소

오락가락
비님이
숨바꼭질을 하는
금요일 일상
푸르른 잎사귀
사이로
정열의 꽃이
고개 숙인다

탐스러운 붉은 열매
오돌오돌 돌기
오감을 자극하고
흘러나오는
향긋한 딸기 내음새
사랑이 춤춘다

탐스러운 자태를
살포시 어루만지며
한 그릇 담아내니
마음의 부자가 된다

2020.4.17.(금) PM 3시

토요일 4

파아란 수채화
두둥실 흰 구름
양떼들의 유유자적
바람도 산들산들
행복 마음 전해온다

따스한 햇살
하늘빛 기운
온 세상 비추고
시냇물 은빛 물결
두리둥실 춤을 춘다

오랜만에
느껴보는 여유
진정한 봄 향기
추억 여행을
가슴으로 먹는다

2020.4.18.(토) AM 11시

수요일 1

따스한 햇살
살살 불어오는 꽃향기
푸르른 초목
잔잔한 물결 위에
그림자를 남긴다

바쁜 일상
돌고 도는
물레방아 인생
달콤한 오후 봉무공원 저수지
행복한 일탈 속에서
조용히 눈을 감아본다

어디선가
흘러가는 내음새
자연의 숨결은
마음의 안식처
노래를 한다

2020.4.29.(수) PM 4시 30분

토요일 5
~~~~~~~~

신록의 계절
푸르름은 더해가고
살랑살랑 불어오는
바람결이 부드럽다

따스한 햇살은
조금씩 기지개를
꽃피우려 한다

황금 연휴
어디론가 떠나고픈
간절한 마음이지만
삶의 터전에서
꿈이라는 씨앗을 심기 위해
희망의 밭을 갈아본다

2020.5.2.(토) AM 11시

토요일 6

햇살은 구름 속에
숨었지만 후덥지근한
공기에 선풍기를
어루만진다
주어진 하루 일과를
평소보다 빠른
마무리로
미소 짓는다

왠지 모를 허전함
우아하게 달래고자
냉장고 속 사냥을
멋있게 한다

돼지고기 소고기
소시지 김치 고춧가루
인정사정 에누리 없이
짭조름한 간장 속에서
하나가 되었다

말로 형용하기 어려운
오묘한 맛
감탄 속에
소주 한잔 곁들이고
지그시 눈을 감으면
아삭아삭 달콤한
그 녀석이
아름다운 청소를 한다

2020.5.2.(토) PM 5시

일요일 8

보슬보슬
내리는 비
우산 하나
친구 삼아
오르는 뒷동산

우산에 부딪히는
빗소리는 경쾌한
멜로디가 되어
발걸음에 에너지를
선물한다

평소와 다른
정상에서의 풍경
옅은 운무에
잠겨버린 세상은
평화롭고 신비로운
희망의 꽃이 핀다

2020.5.3.(일) AM 11시 50분

향기 4

하루 종일
보슬보슬 내리는 비
집 안에서
휴식의 단꿈을
보낸다

이부자리와의
한판승부는
지루하게
계속되는 하루다

시간은 흘러
어두움이 내려오는
밤의 그림자
어디선가 흘러나오는
아름다운 행운목 꽃향기

지금껏
만나보지 못한
하얀 꽃송이
향긋한 꽃향기
가슴 설레는
행복을 먹는다

2020.5.3.(일) PM 9시

월요일 5

후덥지근한
오후의 날씨
바쁜 업무로
늦어지는 점심

요란해지는 배꼽시계
무엇으로
달래 줄까나?

오랜 시간 푹 곤
진한 육수
야들야들한 고기
얼큰한 청양고추
후끈 매콤한 다대기
솜사탕 같은 순대
하나로 어우러진다

한 숟가락 미소 짓고
두 숟가락 웃음 나고
세 숟가락 환한 미소
늦은 점심
행복의 꽃을 피웠다

2020.5.4.(월) PM 3시

외로움

생동감
넘치는 활기
시끌벅적한
아이들의 노랫소리

어두운 적막이
내려오니
어디론가
사라져 버렸다

밤의 적막을
밝히는
네온사인 불빛
아파트에서
흘러나오는
형광등 불빛

아무리
밝은 빛을 내어도
마음속
깊은 옹달샘은
아직도
밤의 적막을
노래하지 못한다

2020.5.4.(월) PM 8시 20분

화요일 1

평소보다
일찍 기지개를
훔쳤다

어린 시절 어린이날
설레었던 그날을
몸이
기억하는가 보다

무심코
뒷동산으로
발길을 돌린다

등줄기 흐르는
뜨거운 눈물
가슴까지 차오르는
깊은 들숨 날숨
삶의 모습
그 자체다

정상에서 내려다보는
풍경
그리움은 청춘인데
추억은
늙어 버렸다

2020.5.5.(화) AM 8시 30분

목요일 1

상쾌한 아침
바쁜 일상 속
업무차 떠나는
고속도로 여행

잠시 쉬어가는
반가운 휴식 공간
오랜만에 들러서인지
정감이 간다

분주히 오고가는
나그네 모습 속에
새로운 활력을
노래한다

．

2020.5.7.(목) AM 7시 20분

월요일 6

새로운 한 주일
이른 아침부터
동해안 바닷가로
바삐 움직인다

업무차 가는 길이지만
바다가 주는 행복을
만끽하며 죽변항
물회 한 그릇에
바다를 먹었다

돌아오는 길
만 원짜리 수박 한 통
고단한 심신을 달래고
소주 한잔으로
행복을 노래한다

2020.5.11.(월) PM 7시

만남 2

평소보다 빠른
퇴근길
조용히 냉장고 속
안주를 준비하고
시원한 맥주 향기에
하루를 마감한다

기쁘면 웃어 버리고
화나면 소리 지르고
슬프면 눈물 흘리고
즐거우면 미소 짓는다

많은 사람들
세상 살아가는 이야기
희로애락이 묻어나는
이야기 수다방 친목 모임 밴드
오늘 처음으로
행복의 끈을 맺어본다

항상 편하게 쉬어가며
마음의 평화를 노래하며
따스한 사랑의 정을
느낄 수 있는 수다방에서
행복의 노래를 한다

2020.5.20.(수) PM 7시 20분

수요일 2

따사로운 햇살은
흰구름 양떼 속으로
잠시나마
몸을 숨긴다

불어오는 바람은
봉무공원 잔잔한 호수의
물결을 어루만진다

오랜만에
불어오는 행복 꽃향기는
어디에서 오는 걸까?

2020.6.10.(수) PM 4시 40분

목요일 2

살랑살랑 불어오는
따사로운 바람
싱그럽지는 않지만
마음을 어루만진다

흰 구름 두둥실 두리둥실
유유자적 한가로움
나그네 향기가 묻어난다

살포시 이는 강줄기 강정 고령보
소리 없는 여정 속에
세월의 발자국을 먹는다

2020.6.11.(목) PM 2시 30분

행복 5

아름다운 자연
살아 숨 쉬는 사랑
가슴 뜨거운 마음
모두가 하나 되어 친목 모임
웃음을 먹는다

서먹함도 잠시
이야기 보따리
한없이 이어간다

시원한 계곡물
청아하게 가슴을 적시고
쏟아지는 밤비는
하룻밤 펜션 추억을 더해 가니
이야기꽃이 향기 속에
사랑의 메아리가 되어
아름다운 행복을 먹는다

2020.6.13.(토) PM 9시 20분

행복 6

지난 주말의 여운은
아침부터 나오는 흥겨움
너그러워지는 마음속에
희망을 선물한다

뜨거운 오후의 햇살은
푸르른 들녘
싱그러운 강물
꽃 한 송이까지
열정을 선물한다

함께하는 공동체는
서로 다른 환경
서로 다른 문화
서로 다른 생각
이해와 배려 속에
사랑을 선물한다

한 가닥의 희망
뜨거운 열정
아름다운 사랑
진정한 행복을 먹었다

2020.6.15.(월) PM 5시 40분

일요일 9

짙어가는 푸르름
따사로운 햇살
싱그러움의 속삭임
무심결에 반응하는 자아

포근한 이부자리를
박차고 뒷동산 산행
숨 가쁘게 차오르는 숨결
흐르는 등줄기 뜨거운 눈물
솔솔 불어오는 바람이
토닥토닥 어루만진다

산 정상 벤치에 앉아
살며시 눈을 감으니
지난 주일의 반성과 성찰
다가올 한 주일에 대한
희망 행복 꿈을 마신다

2020.6.21.(일) AM 9시 50분

여름

뜨거운 해님
온 세상에 어마무시한
열기를 선물한다

푸르른 들녘
젊은 청춘의 패기
온몸으로 정면 승부로
고개를 마주한다

뜨겁고 따사로운 무더위
보다 큰 성숙을 위한
한판승부에 배수로
정화수는 무심한 듯 흐른다

시간이 구름처럼 흐르고
누런 황금 들녘으로 물들면
세상 이치 달변 속에
연신 고개를 숙이며
미소 짓는 그날을

2020.6.22.(월) PM 5시 30분

수요일 3

살포시 내리는 빗줄기
오락가락 장난을 한다
메마른 대지를
흠뻑 적시기에는
아쉬운 옹달샘이다

유유히 흐르는 금호강은
오늘따라 잔잔한
푸른 바다처럼 넓다

강기슭 덩그러니 운동장은
외로이 홀로서기
고독을 느끼고
땅거미 짙어지는
저녁노을은 짙은
화장으로 장엄하다

비 오는 수요일은
빨간 장미꽃 향기가
더욱 맛있다

2020.6.24.(수) PM 4시 50분

일요일 10

지난밤 알코올 향기
무상념 속으로 여행
하루해가 어찌
흘러가는지 몰랐다

쓰린 속을
라면으로 해장하고
이부자리와의 한판승부
승자도 패자도 없다

푸르른 하늘
흰 구름 양떼 구름
저녁 노을 따라
한없이 흘러만 간다

아쉬운 저녁의 그림자
유유히 흐르는 강물의 향기
다가오는 내일이라는
새로운 희망을 먹어 본다

2020.7.5.(일) PM 6시 40분

월요일 7

새로운 한 주일
바쁜 일상 속 분주한
물레방아가 돌아간다

흘러가는 시계 속에
남은 건 아름다운
추억의 그림자뿐이다

한 번쯤
하늘을 쳐다보고
꽃향기도 만끽하며
시간의 주인공이 되고 싶다

민들레 꽃향기에
벌들이 날아드니
세상살이 아름다운
조화 속에 행복해진다

2020.7.6.(월) AM 11시

점심 여행

변함없이 찾아오는
배꼽시계의 아우성

무엇으로 달래 볼까나?

비가 오려는지
구름이 잔뜩 긴장한
흐린 날씨
기분 전환을 달려본다

새하얀 새우 속살
각종 해물이 옹기종기
윤기 나는 참기름으로
목욕을 한 삼선볶음밥

야들야들 달콤 바삭
탕수육의 행진 속에
덤으로 군만두 행진도
웅장하고 아름답다

얼큰 시원한 짬뽕 국물
저절로 탄성을 자아내고
단무지 한 조각
양파 한입으로
깔끔한 맛을 도와주니
홍콩 여행을 먹었다

2020.7.6.(월) PM 1시

아침

푸르른 하늘
흰 구름 두둥실
따사로운 햇살
솔솔 불어오는 바람
싱그럽다

한적한 도심 속 저수지
어린 물고기 떼
재잘재잘
소풍을 간다

황톳빛 보도블록
미세한 틈사이로
노오란 민들레 꽃향기
피어 오르는
아침 대문을 맞이한다

2020.7.7.(화) AM 8시 40분

화요일 2

후덥지근한 하루
부지런한 돼지띠
오늘도 주어진 시간을
맛있게 달렸다

노오란 참외 향기로
구슬땀을 훔쳐내고
바쁜 일상을 마셨다

저녁 그림자 드리우면
맛있는 양념 가득한 비빔밥으로
허전한 배 속을 달랜다

럭셔리한 안주에
쓰디쓴 소주 한잔으로
분위기를 높여본다

불변의 치킨 안주
시원한 맥주 한잔으로
웃음꽃이 피어난다

내가 아닌
너와 나
우리가 함께하기에
내일의 태양을 당당하게
맞이하리라

2020.7.7.(화) PM 9시 20분

목요일 3

푸르른 아우성
바람결에 흔들흔들 들판은
녹색 바다가 된다

싱그러운
가로수 길을 달리면
행복 바다가 된다

싱글벙글
새하얀 꽃들은
농수로 사이에도
희망을 노래한다

2020.7.9.(목) AM 11시 30분

목요일 오후

여름철
삼계탕 한 그릇은
넘치는 활력이다

덤으로 나온
인삼주 한 잔은
웃음을 자아낸다

싱그러운 가로수길
시원한 에어컨 차량 속은
콧노래를 불러낸다

시원한 분수
솟구치는 물줄기는
희망을 선물한다

새하얀 꽃
노오란 함박 미소 속에
오늘도 행복을 먹었다

2020.7.9.(목) PM 4시

목요일 저녁

삼계탕 보양식
인삼주 한 잔의 향기
활기찬 오후를 보냈다

구름 사이 해님이 사라지고
간간히 쏟아지는
빗줄기의 향연

사랑스러운 보금자리에서
또 다른 여흥을 맞이한다

아삭아삭 노오란 참외
매콤 달콤 맛난 떡볶이
시원 얼큰 김치찌개
멋진 수라상이 된다

화룡점정
쓰디쓴 소주 한잔이
행복한 저녁을 만든다

2020.7.9.(목) PM 7시 15분

욕망

따사로운 햇살
온몸의 감각을
깨워 버린다

잠재된 욕망
알코올 향기 들어가니
본능을 깨우친다

새하얀 꽃송이
탄력적인 가슴으로
승화되니 호흡이
거칠어 온다

노오란 꽃향기
참을 수 없는
절정으로
물레방아 사랑을
나 홀로 나누었다

2020.7.9.(목) PM 10시 30분

금요일 8

비가 내립니다
내릴 듯 말 듯
망설이다가
시원하게 오네요

비가 내립니다
라디오에서 흘러나오는
멜로디가 오늘 따라
가슴을 아파하네요

비가 내립니다
메마른 대지 위에
촉촉한 물줄기라
미소가 가득하네요

비가 내립니다
가슴 아픈 사연을
토닥토닥 어루만지며
눈물의 바다가 되네요

2020.7.10.(금) AM 9시 30분

토요일 7

여유의 향기
휴일이라는 시간
마음으로 이어지지만
평소와 달리
출근을 서두른다

구름 낀 흐린 날씨
고속도로를 가로 지르며
맡은 바 업무를 시작한다

이런저런 원활한 업무 처리
어김없이 찾아오는 배꼽시계
평소와 다른 메뉴를 선택한다

다소 부담스러운 음식
난생처음 오감으로 느껴보고
시원한 아이스커피로
즐거운 미소를 불러본다

다가오는 저녁노을
시원 얼큰 찌개
소주 한잔으로
하루를 되돌아보고
행복 꽃을 노래한다

2020.7.11.(토) PM 9시 10분

일요일 11

비가 내리는
흐린 날씨 속에 이른 시간
출근길을 재촉한다

여유로운 휴식을
잠시 미루어 두고
업무를 서두른다

시원 얼큰한 해장국으로
점심의 향기를 채웠지만
허전한 마음속에
비는 계속 내린다

어찌 달래 볼까나?

양파 소시지 어묵
밀가루와 하나 되어
윤기 나는 식용유에 몸을 맡기는
비 오는 날 환상 궁합 자랑한다

시원 걸쭉한
농주 한 사발이 더해지는
행복 꽃 피어난다

2020.7.12.(일) PM 8시 10분

월요일 8

새로운 한 주일
내리는 빗줄기
기분도 상쾌해
마음도 설렌다
오늘도 파이팅
긍정의 아이콘
열정의 대명사
도전의 개척자
미래를 먹는다

2020.7.13.(월) AM 8시 30분

화요일 3

새색시 걸음걸음
소리도 없이
보슬보슬 뽀송하게
사뿐히 내리는 비

흐릿한 차창
지우고 싶지 않은 마음

왜일까?

고이고이
즈려밟고 갈
그 님은

2020.7.14.(화) AM 9시

그리움 4

지우려고 해도
지워지지 않는다

흐릿하게 떠오르는
꽃향기에 설렌다

지우고 닦아낼수록
선명해지는
추억의 그림자

콩닥콩닥
뜨거워지는 가슴

2020.7.15.(수) AM 8시 50분

그리움 5

어둑어둑
드리우는 그림자
장마철이라
더욱 스산해진다

작열하는 태양의
열기에는 그리웠던
어두운 그림자

검푸른 구름들이
하늘을 점령하니
비로소 알았다

항상 옆에 있는
그 누군가가
그 무엇이
얼마나
소중한 것인지

2020.7.15.(수) PM 6시 20분

보양식

무더위 장마철
뜨거운 태양빛
흐르는 땀방울
먹어도 고프다
온몸에 힘 빠져
어디로 갈까나
꼬끼오 삼계탕
음매에 소고기
든든한 설렁탕
메헤에 염소탕
꿀꿀꿀 삼겹살
해산물 해물탕
시원한 복어탕
쫄깃한 돌문어
그중에 오늘은
민물의 선구자
장어가 춤춘다
행복한 하루는
내일도 이어져
웃음꽃 피우리

2020.7.15.(수) PM 9시 40분

목요일 4

상쾌한 공기
솔솔 불어오는 바람
구름 사이로 살짝
고개를 내민 해님
평소와 다르게
따스함이 느껴진다

햇살 사이로
다가오는 설렘
기분마저 좋아진다

오늘이라는 시간
열정을 다하는 마음
도전을 실천하는 자세
배려를 생활화하며
행복을 노래한다

2020.7.16.(목) AM 9시 30분

향기 5

한 잔에
이야기 시작되고
두 잔에
이어지는 공감
세 잔에
의기투합된다

때로는
언성도 높아지고
상처도 받고
감정이 쌓이기도 한다

어울렁 더울렁 소주잔
절제하는 마음으로
희로애락을 함께 하는
푸르른 유리병 추억 속
사랑을 이야기한다

2020.7.17.(금) AM 9시

선택 4

오랜만에
느껴보는 가쁜 숨
발끝에서
머리까지 짜릿한
느낌이다

무엇이
그리 바빴는지
잠시 생각에 잠긴다

불타는 금요일
알코올 향기
기름진 음식을
뒤로하고
운동장을 먹는다

2020.7.17.(금) PM 5시 40분

매력

푸르른 하늘
시원하게 달리는
고속도로는
넘치는 에너지다

어여쁜 꽃 한 송이
붉게 화장을 하면
가슴 설레는 향기다

달달한 바나나 우유
새콤달콤 종합 캔디
추억을 말한다

우연히 접한
돼지띠 동갑내기 수다방
가슴 뛰는 기다림 속에
사랑을 노래한다

2020.7.17.(금) PM 10시 30분

여유 8

평소와는 달리
아침이 가볍고
개운한 느낌이다

부추즙 한잔으로
허전한 배를
어루만진다

부지런한 꿀벌은
노란 꽃향기에 연신
사랑 고백을 한다

푸르른 잡초더미에
누구를 기다리는지
노오란 꽃 한 송이
애절함이 더해간다

변함없이 주어진 시간
감사의 마음
참회의 기도
희망을 마신다

2020.7.18.(토) AM 8시 30분

님

하늘이 높다 하지만
이보다 높지 않다
땅끝이 넓다 하지만
이보다 넓지 않다

어디서 불어오는 향기인가?

한적한 시골 마을
모내기 하던 시절
구수한 막걸리 한잔
세상에서
제일 행복했었다

시간은 흐르고 흘러
반백 년을 살아왔지만
어머니 생각에 아직도
옥구슬이 흘러 내린다

조금 더 잘해 드릴걸
조금 더 자주 찾아뵙지 못한 마음
가슴속 깊이 사무치는
불효자는 웁니다

오늘따라 죽마고우(竹馬故友)는
그립고도 애달픈 마음
사랑의 편지를 하늘에 띄우고
눈물잔을 노래합니다

2020.7.18.(토) PM 3시 40분

환희

작열하는 태양의
열정이 저 산너머로
저물어 간다

그 열정은

끊임없이 쏟아지는
열기로 세상의
모든 생명체는
행복을 만들었다

이제는
떠나야 할 시간

자연스러운 이별을 하려고
구름 뒤편으로
수줍게 숨바꼭질 하며
저물어 가는 모습은
아름다운 황혼의
발자취가 된다

2020.7.18.(토) PM 7시 50분

보약

비가 오려는지
아니 오려는지
오락가락 춤을 춘다

여유로운 시간
무얼 할까 고민하다가
뒷동산으로 산행을
떠나본다

변함없는 들숨 날숨
힘들고 괴로운 일
즐겁고 행복한 계획
보내고 맞이한다

등줄기 흐르는 땀방울
정상에서 불어오는
꽃바람이 토닥토닥
어루만지며

2020.7.19.(일) PM 2시 10분

새벽비

어둠이 짙은 운동장
텅 빈 공간 속에
내리는 비

우산을 받쳐 들고
한 걸음 한 걸음
발길을 옮겨본다

타따타타 타따따
우산 위로 떨어지는
빗방울 소리가 경쾌한
행진곡 멜로디가 된다

비 오는 새벽
우산을 쓰고 걸어보는
이 시간이 새롭기에
또 다른 행복

2020.7.22.(수) AM 5시 20분

추억 2

새벽부터 내리는 비
쉼 없이 내리니
개울가 배수로
진흙탕물이 된다

황톳빛 개울가
건강한 색깔
흐뭇한 미소 속에
잠시 상념에 잠긴다

비를 맞으며
미꾸라지 잡으려고
넘어지고 웃으며
한바탕 재미났던 그 시절

오늘은
그때를 생각하며
허기진 배를 달래고
추억의 맛을

2020.7.22.(수) PM 1시

만남 3

새벽이 찾아오면
어두운 밤기운은
자취를 감춘다

동이 트는 아침
샘솟는 새로운 활력
어디서 왔을까?

그녀는 부지런히 움직이고
이리저리 주어진 삶을
즐기며 살아간다

유난히 밝은 미소
아침 공기 가르며
좋아하는 옥수수
한입으로 아침을 연다

어여쁜 얼굴
마음이 따뜻하고
배려하는 생각에
친목 모임 만인의 연인이다

우연히 이어진 만남
오랜 시간 가슴 따스한
사랑의 향기를

2020.7.23.(목) AM 10시 40분

만남 4

연일 계속되는 비
장마철이라는 이해 속에
한편으로 기분이 늘어진다

빗물이 모여서 형성된
시골 배수로 물줄기는 쉼 없이
어디론가 먼 여행을 떠난다

풍성하고 푸르름 속에
어여쁘게 피어난 연꽃잎은
무슨 사연이 있기에
한없이 방긋방긋 노래를 한다

오늘따라 누구를 기다리는 걸까?

먼 길 떠나는 여행
피곤함을 잠시나마 덜어주고자
인삼주 한 잔 준비했었는데
무심하게 자꾸만 흘러만 간다

비가 그치고
파란 하늘에 흰 구름 양떼구름
두둥실 비단물결 이루면
무심했던 물줄기 만나서
노오란 꽃 편지 전하고 싶다

2020.7.23.(목) PM 10시 30분

점심

비가 내리는
빗방울 소리가
청아하게 들린다

별다른 계획은 없어도
특별한 만남은 없어도
설레는 오늘이다

어김없이 찾아오는
배꼽시계 정오의 아우성
무엇으로 달래볼까나?

야들야들 담백 고소한
수육암뽕의 향연
부드럽고 쫄깃한 면발
시원 담백한 국물
환상 조합을 선물한다

비가 내리는 날에
잘 어울리는 식사 한 끼에
행복을 먹었다

2020.7.24.(금) PM 1시

감사 3

여유로운 오늘
변함없이 비님이
오락가락 내린다

비로 인해 세상은
묵은 때를 버리고
깨끗함을 맞는다

푸르른 잎사귀에 맺힌
영롱한 물방울
싱그러움 그 자체
미소를 자아낸다

비님이 지나고
해님이 도래하기를
기다리는 것은
세상 이치인 듯하다

기다림 속에
달달한 커피 향기
가슴으로 마신다

2020.7.25.(토) 9시 30분

인내

따르릉 따르릉
비켜나세요
외치던 자전거 녀석
구석진 뒤편에
웅크리고 있다

그저께 어제 오늘
계속 내리는 빗줄기
쉼 없이 흐른다

언제쯤 그치려나?

생각보다 길어지는
장마철 빗줄기
커다란 우산 하나
펼쳐들고
기다림의 미학을

2020.7.25.(토) PM 5시 40분

꿀

비님이
연일 계속 내려서
미안했는지
오늘은 주춤한다

가벼운 마음으로
싱그러운 햇살 맞으며
뒷동산으로 신발 싣는다

비온 후라
더욱 청명하고
나뭇가지 사이 햇빛은
향기 나는 불빛이 된다

산 정상에서 바라본 세상
푸르른 수채화 속에
옹기종기 꿈을 쫓아가는
열정이 느껴진다

벤치에 누워 바라본 하늘
밝디밝은 빛줄기
모든 근심 걱정 토닥토닥
온갖 시름 밝혀주니
진정 행복한 하루를

2020.7.26.(토) PM 12시 10분

으라차차

푸르른 하늘
흰 구름 두둥실
아름다움을 그려낸다

아름다운 저 뒤편
어디선가 들리는 개미들의 기합 소리?

영차 영차 이얍
자기 몸 수십 배가 넘는
식량을 연신 들어 올린다

나뭇가지 장애물도
어떠한 어려움도
문제가 되지 않는다

도대체 어디에서
무엇 때문에
누구를 위해
저런 헤라클레스 같은
힘이 나오는 걸까?

2020.7.26.(토) PM 4시 50분

세월

어둠이 내리면
하나둘씩 밝아오는
네온사인의 불빛

흐르는 강물도
불빛 그림자를 만들고
요란한 소리를 내며
가는 길을 재촉한다

무심한 듯
환한 가로등 불빛 아래
노오란 꽃향기
어여쁜 자태를 뽐낸다

잠시
가는 길을 멈추고
흐르고 흘러
어디로 가는지
강물에게 물어본다

2020.7.26.(토) PM 8시

금수강산

비님이
오락가락하는 사이
싱그러움이 피어난다

푸른 들녘에 피어난
노오란 꽃향기
미소 짓게 만든다

맑디맑은 시냇물
한 폭의 수채화
탄성을 자아낸다

어느새
훌쩍 자라고 있는 벼
젊은 청춘의 열정이다

산에는 아름다운 멜로디
강물에는 한 폭의 그림
들녘에는 수많은
생명들의 아우성
모두가 하나 되어
행복 합창곡을

2020.7.28.(화) AM 10시 30분

별미 2

연일 계속
내리는 비
하늘은 어둡고
해님마저 휴가다

가라앉은 분위기
무엇으로 달래보나?

업무차 향한 그곳
불포화 지방 오리 불고기
야들야들한 식감에
미소를 짓는다

뒤이어 나타난 주인공
쫄깃쫄깃한 손수제비 한 그릇
시원 담백 구수한 육수에
활짝 피어나는 웃음꽃

비오는 날
모처럼 밝은 햇살
환한 느낌 따스함을
가슴으로 먹었다

2020.7.28.(화) PM 1시

이정표

그곳에
들어서면
기분 좋아지는
책들의 아우성 내음새

예전에는
몰랐던 그 느낌 서점

반백 년을
살아오다 보니
이제야
조금씩 알아간다

남은 삶
무엇을 어떻게
나아갈지를
도와주는
인생 항로 나침반

2020.7.30.(목) PM 5시 20분

설렘 6

비가 계속 내리는
장마철이라
분위기는 가라앉는다

하루를 어떻게
보냈는지
시간의 흐름을 모른다

어슴푸레 저녁 그림자
우연히 원초적 본능
육체적 탐닉의 결정체
빨간 그림 영화에 빠져든다

흐느끼는 신음 소리
오르가즘의 향연
격정의 물레방아는
연신 절구를 찧는다

모처럼
심장박동이 요동치며
불타는 장미의 향기를
그리워하는 한 마리
외로운 늑대가 되어본다

2020.7.30.(목) PM 9시 30분

그리움 6

오늘은
오랜만에 비가
내리지 않았다

해가 나면 비가 그립고
비가 오면 해가 그리운 건
인지상정인가 보다

금요일의 설렘
퇴근길 치킨 두 마리
포장을 한다

한 주일 수고한
나 자신을 위해 한 마리
사랑하는 가족을 위한 한 마리
정성껏 마음을 담는다

맛있는 음식이 있으면
제일 먼저 생각나는 것은
마음속에 항상
자리 잡고 있는
소중한 나의 보물이 아닐까?

2020.7.31.(금) PM 8시 20분

토요일 8

푸른 하늘 흰 구름 두둥실
흐리면서도 사이사이
살며시 고개 내미는 해님

휴가철이라 그런지
모든 것이 여유롭고
한가로움이 느껴진다

업무 특성상
성수기가 도래하여
신발끈을 고쳐 매고
텅 빈 사무실

외로움을 달래고자
평소와 달리
뜨거운 녹차 향기로
이열치열을 마신다

보다 나은 내일
꿈을 가지고 있기에
노오란 꽃향기
희망은 계속 자란다

2020.8.1.(토) AM 10시

독주회

조금 전까지 해님이 방긋
무더운 날씨 세차를 할까
망설이다가 보금자리로 퇴근

갑자기 쏟아지는 소나기

시동이 꺼진 차 안
떨어지는 빗소리는
타다닥 타타 타닥닥
웅장한 합창곡이 된다

조용히 눈을 감고
운전 시트석을 뒤로 제치니
구름 위를 걸어가는 느낌 속에
나만을 위한 나만의 공연
행복 미소를 먹었다

2020.8.1.(토) PM 5시

일요일 12

여유로운 아침
간단하게 치장을 하고
변함없이 뒷동산으로
재촉하는 발걸음

예전과 달리
조금 가벼워진 허리둘레
들숨 날숨도 부드러운
하모니를 연출한다

계속된 장마로
산행 길은 질퍽하지만
싱그럽고 상쾌한 마음을
매미소리가 힘껏 장단 맞춘다

뒷동산 정상에서
바라본 세상은
아름답고 행복한
메아리가 날갯짓을

2020.8.2.(일) AM 10시 30분

기분 전환

어김없이 한 달에
한 번 그곳을
찾아간다

윙 윙 소리에
단정해지고
슥삭 슥삭 소리에
다듬어진다

조금씩 새하얀 녀석들이
자꾸 생기는 걸 보니
세월의 흐름을 느낀다

깔끔하게 지붕 개량 후
시원한 시냇물을
가슴으로 느끼고
아름다운 꽃향기는
싱그러운 미소를

2020.8.2.(일) PM 5시 20분

월요일 8

한산한 도로
모두들 어디론가
떠난 듯 조용하다

장마철이지만
오늘도 햇살을
선물해주시니
감사한 마음뿐이다

조용한 사무실
평소와 같이 자리를 잡고
오늘은 특별한 건강 즙을 만난다

세상살이 마음먹기 나름
일할 수 있다는 자체에 행복하고
새로운 하루를 맞이할 수 있음에
더욱 깊은 감사를

2020.8.3.(월) AM 9시 20분

별미 3

장마철
후덥지근한 날씨
해님도 살짝살짝
고개 내민다

변함없이 찾아온
점심식사
배꼽시계의 아우성

오늘은 무얼 먹을까?

새하얀 면발
시원한 멸치 육수에
몸을 맡기니 쫄깃쫄깃
매콤달콤한 양념장
어우러지니 환상 조합이다

후루룩 후루룩
시원 쫄깃한 면발
정신없이 목구멍으로
넘어가니 웃음꽃 핀다

2020.8.3.(월) PM 1시

기다림 4

모처럼 맞이하는
뜨거운 태양빛
아래에서
푸르른 물결이
바람 부는 대로
춤을 춘다

또 다시
비바람이 불고
태풍이 찾아와도 푸른 들판은
춤을 출 것이다

먼 훗날
어떠한 어려움도
혹독한 시련도
참고 견디어
누런 황금 벌판이 되는
그날이 올 때까지

2020.8.3.(월) PM 4시 50분

만남 5

무더운 날씨
햇살은 뜨겁고
간간히 불어오는 바람

푸르른 잎사귀는
연신 바람 따라
몸을 맡기며 춤을 춘다

햇살이 따사로우면
따사로움을 느끼고
바람이 불면
바람 부는 대로
어떤 상황이든
즐겨야만 한다

누구를 만나느냐에 따라
달라지는 세상살이
정직을 바탕으로
신뢰를 쌓아가야만
진정한 인연이

2020.8.4.(화) PM 12시 20분

조화의 미

햇빛이 쨍쨍하더니
갑작스럽게 비가
내리다가 지금은
잔뜩 흐린 날씨

변덕스런 날씨
입맛 당기는 맛을 찾아
사냥을 떠난다

아삭한 콩나물
신선한 야채조림
구수한 청국장
야들야들 계란 프라이
얼큰 고추장
하나로 어우러진다

각자의 개성들이 모여
묵묵히 겸손하게
너와 나가 아닌
우리가 되니
최고의 향기를

2020.8.5.(수) PM 12시 40분

노을

어슴푸레
어두운 그림자
드리우면
어디론가 찾아
돌아가야만 하는
그곳으로 향한다

평소와 달리
보슬보슬 사랑비가
내려서인지
무거운 발걸음
기분마저 늘어진다

항상 밝게
부지런히
열심히
미소 짓던 그 님이
보이지 않아서일까?

저편에서
붉게 타오르는 석양은
애타는 마음을 대변하듯
기다림은 불타오른다

2020.8.5.(수) PM 6시 50분

하얀 도전

어느 순간부터
우연히
하루의 일상을
간결하게
재미나게
어떠한 기교나
형식을 구애 받지 않고
써 내려가는 것을
즐기며 지내왔다

시인도
문학가도
수필가도
아니었기에
그냥
편하게
일상의 모습을
그려왔다

습작 자체가 즐거움
쓰고 난 후의 묘한 기쁨
나 홀로 행복에서
주위 지인들로부터
시집 출판을
권유 받았다

망설임 끝에
크나큰 용기를 내고
반평생 살아온 삶의 발자취
기록문학에 대한 꽃향기로
새로운 도전의 문을 두드려본다

2020.8.5.(수) PM 10시 50분

특별한 아침

평소와 다른
아침밥상
항상 요 녀석이
올라오면
생각에 잠긴다

오늘 무슨 날일까?

원기 회복
기력 충전의 대명사
진한 소고기의 육수 탓인지
더욱 맛이 난다

명태 조개 홍합 등
여러 가지 조합도
감칠맛이 나지만
역시 최고는 소고기

아무튼 맛난 특별식
기분 좋은 입맛으로
활기찬 아침 대문을 열고
가족들 생일 날짜를 곰곰이

2020.8.6.(목) AM 7시 30분

금요일 9

변함없이 비님이
내리는 오늘
후덥지근하면서
눅눅하다

가을이 온다는
절기 입추이건만
날씨는 거꾸로
여행을 가는 것 같다

계속되는 장맛비
이 또한 지나가리라
마음의 위안을 삼는다

허전한 듯 아쉬움을
인삼주 한 잔으로 달래고
삼계탕 한 그릇으로
가을 손님 맞이할
마음의 준비를

2020.8.7.(금) PM 12시 50분

그리움 7

오랜만에
나 홀로 술상에
마주 앉는다

비는
추적추적 내리니
알코올 향기는
분위기를 읽는다

지난 한 주일을
되돌아보고
새로운 한 주일
계획 세워 본다

기분 좋아지면
어김없이 변해
버리는 허상
바보 온달은
평강공주를
그리워 미소 짓는다

2020.8.7.(금) PM 6시

토요일 9
〰〰〰〰〰

주르륵 주룩
빗줄기 소리
쉼 없이 내린다

메마른 대지도
이제는 그만이라고
아우성을 친다

빗줄기 보다
해님의 따스한 손길
기다리고 기도하면
그날이

2020.8.8.(토) AM 10시 40분

일요일 13

모처럼
푸른 하늘
해님도 보인다
얼마나
곤히 잠들었는지
아직까지
침대와 한 몸
충분한 휴식이라는
마음의 위안 속
시간은
늦은 오후를
지나니
아쉬움이 밀려온다
허전함을
달래는 시원한
탄산수 한 모금
잠시나마
가슴이 시원해진다
오늘 같은 날도
있어야

2020.8.9.(일) PM 3시 30분

월요일 9

주룩주룩
끊임없이 내린다
이제는
그만 와도 될 것 같은데
어찌하여 이렇게도
내리는 걸까?

푸르른 초야
기름진 대지도
내리는 비가 원망스러운지
싱그러움을 잃어버렸다

비가 오고
해가 뜨고
적절한 조화 속에서
균형을 맞추는
계절의 변화가
그리워지는

2020.8.10.(월) AM 8시 40분

별미 4

계속 내리는
빗속에
정오의 만찬
김치찌개
된장찌개를
뒤로하며
평소와 다른
새로운 입맛을
가져본다

야들야들한 빵
부드러운 치즈
여러 가지 부재료
오븐에서
하나 된 의기투합 피자 향기
한입 먹어보니
맛있는 소리에
잠시나마
빗소리는
잊어 버렸다

2020.8.10.(월) PM 1시

저녁 불빛

쉼 없이
내리는 비
평소보다 빠른
어두움 속에
허전한 적막감
외로운 동행을 한다

어두워진 사무실
형광등 불빛 아래
새로운 희망을 기원하니
빗소리는 더욱 경쾌하다

이렇게 많이 내리는
빗줄기만큼
이 세상
모든 고통과 아픔도
함께 싣고 흘러가기를

2020.8.10.(월) PM 5시 30분